La academia

DAVID G. PUERTAS

La academia

Grijalbo

Primera edición: octubre de 2023

Printed in Spain – Impreso en España

ISBN: 978-84-253-6580-5
Depósito legal: B-12.239-2023

Compuesto en Comptex&Ass., S. L.

Impreso en Liberdúplex
Sant Llorenç d'Hortons (Barcelona)

GR 6 5 8 0 5

Para toda esa gente a la que,
como a mí, le cuesta creer en sí misma

La verdad se corrompe tanto con la mentira
como con el silencio.

CICERÓN

Primera parte

Prólogo

Hay momentos en los que te preguntas cuál de tus decisiones te ha llevado adonde estás, en qué punto de la línea de la vida cogiste el camino erróneo, cuándo te equivocaste para acabar rodeado de cinco personas a las que creías conocer y con las que compartes un secreto manchado de sangre.

La luna llena baña unos cuerpos que rezuman miedo, tensión y angustia. El terror se halla tatuado en sus caras y tardará mucho en irse. Puede que nunca lo haga. Una situación así no es fácil de superar.

Cinco personas se enfrentan a sus demonios. O cinco demonios se enfrentan a una persona. Y esta vez, a juzgar por la sangre que cubre el suelo, los demonios han ganado.

1

El día de la nevada

La comisaria Ferrer está apoyada en una de sus librerías con un café en las manos. Observa con curiosidad el temporal a través de la ventana de su piso en Vielha, en la calle des Comets, a escasos veinte minutos andando de la comisaría en la que trabaja. A juzgar por los copos de nieve que ve caer sobre el asfalto, la borrasca de la que llevan varios días avisando en las noticias ya ha llegado.

Cuando hace dieciséis años la destinaron a esa zona llegó a un entendimiento con Carol, su mujer. Cuanto más cerca vivieran del trabajo, antes volvería a casa. Y eso, como es normal en un oficio como el suyo, terminó por convertirse en un regalo envenenado.

Esta mañana hace un frío increíble. Alicia siempre había pensado que soportaba bien las bajas temperaturas hasta que llegó a Vielha. Entonces comprendió lo que eran los grados bajo cero y las nieves eternas. En el fondo no le desagrada, aunque de primeras no había querido este destino. De hecho, fue una especie de castigo por parte de un superior con el que nunca llegó a entenderse por su, como él decía, «forma de vivir», a pesar de que lo que le jodía al tipo era a quién metía ella en su cama. Pero ¿quién no se ha topado con un capullo así en el trabajo?

Decidió tomarse el traslado más como una oportunidad que como un castigo. Lo habló con la que entonces era solo su pareja y ambas pusieron rumbo a una nueva aventura. Se adaptaron de maravilla al ambiente tranquilo de la zona y a vivir en una de las regiones más bonitas de la Península. Les encantaba el turismo activo, y era raro el fin de semana que no recorrían una ruta a pie para descubrir rincones ocultos de la comarca. Al menos hasta que nació la pequeña Ainhoa, que desde entonces se convirtió en el centro de la familia. Pasaban las horas aprovechando cada segundo que el trabajo les dejaba libres para disfrutar de esa nueva vida que habían creado gracias a un donante anónimo.

Ainhoa ha cumplido ya los doce años, y aunque cada vez queda más con sus amigas, han vuelto a organizar escapadas familiares para descubrir nuevos lugares. Este puente tienen pensado ir a Soria. Les pilla algo lejos, pero gracias a esos días extra tendrán tiempo de descansar y hacer que el viaje merezca la pena.

Alicia apura el café que le queda en la taza de cerámica que su hija le hizo en el colegio como regalo para el día de la Madre y se acerca a la cocina para dejarla en el fregadero. Hay un par de platos del día anterior, así que decide lavarlos para que no se queden sucios en la pila mientras estén fuera. Hecho esto, se dirige a la habitación en la que Carol y Ainhoa están preparando las maletas. Antes de entrar, su móvil comienza a sonar en la mesilla del dormitorio. Al ir a por él, ve que es el número de la Comisaría Superior Territorial. Por un segundo no sabe si cogerlo, pero termina contestando.

—Aquí Ferrer, ¿qué pasa? —Su tono denota la irritación que siente en este momento—. Espero que sea algo muy grave para molestarme en vacaciones.

Y sí, lo es. La aparición de un cuerpo en extrañas circunstancias en los alrededores de una de las instituciones de élite más prestigiosas de Europa es un asunto muy grave. Las vacaciones tendrán que esperar.

2

Cinco meses antes del día de la nevada

Los primeros rayos de sol despuntaban en el cielo y en mi habitación a partes iguales. La noche anterior me había parecido buena idea no cerrar las contraventanas antes de acostarme, pero, al igual que en las ocasiones anteriores, no había sido la mejor decisión. Un rayo de luz mañanero me impactó en la cara y atravesó mis párpados aún cerrados.

En ese instante comenzó a sonar el despertador y lo apagué de un manotazo para disfrutar de los últimos minutos en la cama, ya que durante los próximos meses no podría hacerlo. O al menos eso esperaba.

Los comienzos siempre son excitantes, pero cuando estás a punto de realizar las pruebas de acceso a una de las instituciones más elitistas del planeta, son la hostia. La academia Roca Negra, cerca de Baqueira, era mi próximo destino. La primera vez que oí ese nombre me quedé fascinada, y no paré hasta encontrar toda la información que había en internet sobre ella, aunque no era mucha, la verdad. Siempre he sido bastante consecuente con lo que me propongo y no suelo parar hasta conseguirlo. Y es que ¿quién no se habría quedado totalmente prendada de una escuela de esas características y en un paraje tan único? Tenía claro que lo primero que haría al llegar sería visitar esa enorme piedra que, de momento, solo había visto en fotos, ese increíble monolito volcánico que daba nombre a la academia y que aseguraba el éxito a aquellos que lo tocaban. Según antiguos alumnos, el aura que poseía era incluso tangible. Me moría de ganas de tocarlo y de que compartiera parte de su éxito conmigo. Aunque, claro, para eso primero debían admitirme.

El primer paso, conseguir una plaza para las pruebas de acceso presenciales, ya lo había dado. En efecto, el mero hecho de formar parte de los aspirantes era todo un logro. Había tenido que enviar mi expediente curricular con una media de sobresaliente, una carta de presentación en la que exponía por qué mi gran sueño era formar parte de la academia y cuáles eran mis ambiciones en la vida, y hasta una carta de recomendación de un exalumno del centro, un amigo de mi padre que fue quien me habló por primera vez de aquel exclusivo centro que preparaba a la élite del mañana. Cuando me llegó el e-mail invitándome a realizar los exámenes finales me di cuenta de que el acceso a la academia estaba envuelto por un secretismo sorprendente. No informaban de cuántas pruebas tendríamos que superar ni se decía en qué consistían. Solo indicaban el lugar y que no tenían que ver con conocimientos, pues ya los habíamos demostrado con el expediente y con unos test online en los que yo había obtenido la máxima calificación.

Por lo que indicaba la pantalla del iPhone, estaba a algo más de dieciséis horas de enfrentarme a la primera parte de ese extraño examen de admisión. No podía estar más emocionada; notaba miles de mariposas revoloteando en el estómago.

Desde que cumplí los doce años, mi cuarto había sido la buhardilla del chalet de tres plantas de mis padres. Por fuera no era muy ostentoso, pero por dentro no le faltaba detalle. Además, dos años antes me habían dejado rediseñar la habitación, así que por suerte en ese momento me sentía más representada con la pared de ladrillo visto y las otras pintadas de color verde. Siempre me había sentido más cómoda en la naturaleza, y ese color me ayudaba.

Me levanté de la cama decidida a dejar atrás mi cuarto e ir a la cocina en busca de algo que llevarme a la boca. Tenía mucha hambre y necesitaba desayunar. El folleto con información sobre la academia Roca Negra, que me mandaron vía e-mail con la invitación para las pruebas finales y que había impreso hacía unos días, descansaba pacientemente en el escritorio de madera de roble de mi habitación. Me sabía cada palabra al dedillo. En la foto de la primera página se veía la increíble estructura de cristal de la academia. Hacía que se me erizara todo el vello del cuerpo.

Bajé las escaleras con sigilo, de una en una, tomándome el tiempo necesario para asimilar que podía ser una de las últimas veces que iba a sentirme así, rodeada de esos muebles y en ese ambiente. Un ligero maullido me alertó de que, a pesar de haber bajado en silencio, no había sido suficiente para engañar a Cooper, nuestro gato siberiano. Como acostumbraba, se acercó a mis pies y estiró el cuerpo hasta convertirse en una especie de línea de pelo. No pude evitarlo: lo cogí y recibí su cariñoso abrazo.

Sin contar los maullidos de Cooper, la casa estaba totalmente en calma. Escasos diez pasos me separaban del final de las escaleras y la puerta de la cocina, un espacio de más de veinticinco metros cuadrados de estilo industrial, con acabados de metal gastado y paredes de ladrillos negros y grises alternados de dos a dos. Me acerqué a la encimera de mármol negro que se encontraba en el centro como isla; allí estaban las cápsulas de café. Tras un par de minutos revisando las opciones, dejé a un lado la caja y cogí la cafetera italiana. Siempre me ha gustado más el sabor de este tipo de café, aunque haya que esperar un rato.

Aproveché el tiempo para sumergirme en el móvil. Lo primero que hice fue desbloquear el fondo de pantalla, la imagen de una chica con un vestido de color borgoña que, en lugar de cabeza, tenía un montón de mariposas revoloteando alrededor. Era la mejor definición que podía dar de mí misma.

Mis redes sociales no estaban compuestas por una gran comunidad de personas, pero reflejaban mi personalidad, por eso mi cuenta de Instagram era privada y solo tenía cuarenta y nueve seguidores. Huelga decir que entre ellos no estaban mis padres. Gente de clase, algunos colegas de cuando veraneaba en Castro Caldelas —el pueblo de mi madre— y algún que otro chico que había conocido en los campamentos de verano. Nunca he sido el *summum* de la popularidad. Por suerte o por desgracia, mi ciudad era como un pueblo, y todos nos conocíamos. Además, podría decirse que mi padre, Jaime Castro, no tenía muy buena fama, lo que siempre me ha influido de forma colateral.

Un silbido agudo me sacó de mis pensamientos mientras leía una *quote* de una de mis series favoritas en un post de Instagram. Aparté la cafetera del fuego y la dejé reposar sobre un posavasos de cerámica con un mosaico de colores pastel mientras me acercaba a uno de los aparadores a por una taza donde servirme el café. Siempre había querido convertirme en el tipo de chica que tiene una taza favorita *aesthetic* hecha por sus mejores amigas en la que desayuna a diario antes de comenzar uno de sus perfectos días, pero ni tenía grupo de amigas ni mis días eran perfectos. Además, en ese chalet todo rezumaba una sobriedad en la que algo así no hubiera encajado. Cualquier objeto que interfiriera con el *feng shui* de la casa o que estuviera fuera de los cánones de decoración sucumbiría a la autoridad de mi madre.

El rugido de mis tripas me indicó que un café no sería suficiente para calmar el hambre. Me levanté para ir a otro de los aparadores para coger un par de rebanadas de pan que pensaba tostar. Mientras abría la nevera para sacar la mantequilla y la mermelada, unos pasos bajando las escaleras anunciaron la próxima aparición de mi madre.

—Hija, no esperaba encontrarte despierta. ¿Ya te estás preparando el desayuno? —A juzgar por el bote que pegó, juraría que le había dado un microinfarto.

El sigilo siempre ha sido uno de mis puntos fuertes.

—Sí, mamá, no podía dormir más y he decidido bajar a desayunar.

—Pues no, hija. Hoy es un gran día. Deja que me encargue yo, tú vete a duchar y a rematar la maleta.

—Mamá, no pasa nada, lo tengo todo preparado y revisado desde ayer. Puedo hacerme el... —Como era costumbre, mi frase no llegó a buen puerto.

—Leonor, sube a tu habitación y empieza a prepararte. En menos de una hora ponemos rumbo a Baqueira y debes tenerlo todo listo. Es tu gran día.

Sabía que había perdido la batalla, así que cerré la boca y subí a mi cuarto. Cada vez quedaba menos para ese posible golpe de suerte que tanto necesitaba.

El hotel que la academia Roca Negra había elegido para realizar las pruebas de acceso no era lo que imaginaba. Era grande, sí, pero no excesivamente moderno. Lo tacharía incluso de hortera. Parecía más una casa rural gigante que un hotel.

Mentiría si dijera que el viaje en coche fue corto. Ocho horas no se le hacen cortas a nadie, y menos con mis padres al volante. Por suerte, me quedé dormida escuchando el disco *Red*, de Taylor Swift, al poco de arrancar y no me desperté hasta que llegamos a nuestro destino, unas cuantas horas después y con un poco de tortícolis por una mala postura.

Me encontraba frente a una gran puerta que daba a lo que me habían descrito desde recepción como «una sala de congresos». Al cruzarla, tenía el doble de tamaño que había imaginado. Cientos de chicos y chicas de mi edad se repartían por allí. Estaban solos o hablando en grupo, mirando el móvil, con los auriculares puestos o con un libro en las manos. Algunos parecían más perdidos que yo, y eso era ya mucho decir.

Me dejé caer en una silla al fondo de la estancia para llamar la atención lo menos posible. Saqué el móvil para tomar alguna foto del momento que jamás volvería a ver ni subiría a ninguna red social, pero ¿lo habría vivido si no contaba con documentos gráficos que lo acreditasen?

Por suerte, al poco de abrir Twitter —porque me estaba impacientando—, dos mujeres jóvenes con un traje de color verde oscuro que acentuaba su figura subieron a la tarima que había al fondo de la sala. Una acercó la boca a un pequeño micrófono y comenzó a hablar:

—Hola, aspirantes. Mi nombre es María y ella es Lourdes. —Los chicos y chicas que seguían de pie tomaron asiento. Tras ellas, una gran pantalla mostraba el logo del centro—. Somos profesoras de la academia Roca Negra y este año seremos vuestras examinadoras. Mucha suerte a todos.

—Ha llegado la hora de descubrir la primera prueba a la que os enfrentaréis. —Lourdes se acercó al micrófono para tomar la palabra mientras sostenía un pequeño mando con dos botones en la mano derecha. Al pulsar el primero, la interfaz de la pantalla cambió hasta que aparecieron varios cuadrados con los distintos nombres de las pruebas. Al accionar el segundo, empezaron a iluminarse de forma alternativa durante unos segundos hasta que el haz de luz se detuvo en ENTREVISTA PERSONAL—. Ya lo tenemos. Os deseo mucha suerte.

La pantalla cambió una vez más. Aparecieron dos filas y, de forma ascendente y descendente, los nombres de los aspirantes comenzaron a moverse a gran velocidad. Lourdes pulsó por última vez uno de los botones y dos nombres se fijaron en la pantalla. Uno lo conocía de sobra y provocó que mi cuerpo empezara a temblar.

LEONOR CASTRO GALÁN.

Yo.

Mierda.

3

Desperté de sopetón de la pesadilla en la que estaba inmersa. Era algo que solía ocurrirme cuando tomaba melatonina. Además, por lo que había leído en Twitter, no era la única persona a la que le pasaba. Según el prospecto, te ayudaba a conciliar el sueño, pero ¿a qué precio?

Tenía las sábanas pegadas al cuerpo como si fueran una segunda piel, tanto por el calor del verano como por el terrible delirio del que acababa de despertar. Y si soy sincera, ya no recordaba ni lo que había pasado. Pero, bueno, siempre me han afectado mucho los sueños.

Me metí en la ducha para quitarme el embotamiento de la mañana y aproveché para pensar en todas las emociones que había sentido el día anterior. Me costaba creer que hubiera llegado hasta allí. Estaba acostumbrada a conseguirlo todo, pero más por influencia de mi familia que por méritos propios. Y haber pasado la primera prueba de acceso presencial de la academia Roca Negra era increíble.

Aún recordaba como mis piernas comenzaron a temblar nada más salir de la sala en la que la realicé. Al menos pude mantener el tipo mientras estuve dentro. El dolor de cabeza que me provocaron todas las preguntas de Lourdes se afincó en mi frente casi hasta que me acosté. Todo había empezado con una breve entrevista personal sobre cuestiones del pasado, mi procedencia o los estudios. Luego comenzaron a evaluarme como candidata: pruebas de lógica, razonamiento, memoria, analítica... Y lo peor fue que en ningún momento me dijo si mis respuestas eran correctas, solo asentía con la cabeza y pasaba a la siguiente, lo cual me fue causando más y más tensión.

En aquel instante, la alarma que marcó el fin de la prueba me sonó agridulce. Por una parte quería que terminara y, por otra, me aterraba no haber sido capaz de demostrar que me merecía una plaza en esa academia. Lourdes me había indicado que mandaría los resultados vía e-mail, así que no quise arriesgarme a recibir una negativa rodeada de gente que no conocía, por lo que me fui casi corriendo. Si me rechazaban, al menos quería contar con el cariño de mis padres.

Al salir de la ducha, me tomé unos minutos para mirarme al espejo. En función de lo que pasara esos días, quizá nunca más fuera la Leo que veía reflejada. En efecto, dos pruebas más por delante y podría cambiar de vida. Dos desafíos más y al fin habría una posibilidad de salir de ahí. No había nada que deseara más en el mundo.

La pantalla del móvil se iluminó y apareció un mensaje de mi madre avisándome de que me esperaban en el bufet. Me sequé rápidamente el cuerpo. El pelo me gustaba dejarlo al aire; al fin y al cabo, lo llevaba por debajo de los hombros y era una suerte tenerlo liso. Me puse el vestido con estampado floral que mi madre me había comprado para ese día. No habría sido mi primera opción, pero sabía que para ella era importante seguir presente en ese tipo de decisiones cotidianas. Ya quedaba menos para ser una Leonor libre. Saqué una diadema del bolso y me la puse para que el pelo no me cayera en la cara, como mi madre siempre me animaba a hacer.

Antes de salir del cuarto, me miré al espejo una vez más. Parecía una niña. ¡Necesitaba entrar en esa academia!

Cerré la habitación y vi que se abría la puerta de la derecha. Por lo que había oído esa noche, la persona que se alojaba allí no había estado sola. A juzgar por los gemidos, habían repasado más que apuntes. Una chica un poco más alta que yo y bastante más delgada cerró la puerta sin reparar en mí hasta que estuvimos a punto de chocar. Un aura de perfección rodeaba su atlético torso, cubierto por un *crop top*, una falda negra básica y una chaqueta vaquera fina encima. Seguro que solo era para *matchear* con el *outfit*, porque era innecesaria con ese calor.

—Perdona, no te había visto. También estás aquí por las pruebas de acceso, ¿verdad? Creo que tu cara me suena de ayer.

—Sí, me parece que te vi en la sala —mentí como una

bellaca. No la recordaba. Los nervios del primer día me habían diluido la cara de los otros candidatos; solo mantenía en la memoria la de Lourdes y la de María, las encargadas de tirar los dados de mi futuro.

—Me llamo Alexia, encantada. Voy a bajar a desayunar con mis padres, pero luego si quieres podemos sentarnos juntas. Es muy triste no tener a nadie con quien hablar mientras esperas algo tan importarte.

—Soy Leonor. Y, claro, será un placer. Yo también bajo ahora a desayunar con mis padres, pero después podemos sentarnos juntas a sufrir en silencio. —La sonrisa de Alexia hizo que yo también me riera.

—Perfecto, luego te busco.

Y con las mismas se fue hacia el ascensor que yo también tenía que coger, pero esperé al siguiente. Hubiera sido demasiado incómodo volver a encontrarnos justo después de despedirnos.

El bufet del hotel estaba en la última planta, por lo que contaba con unas vistas espectaculares de las montañas que rodeaban Baqueira. En esa época del año, las pistas no tenían nieve, pero todo se veía precioso.

Mis padres habían elegido una pequeña mesa en la zona este. Cuando llegué, ya estaba llena de todo tipo de manjares y hasta había un café con leche que, a juzgar por el humo que se veía al trasluz, podrían haber traído del mismísimo infierno. Me conocían muy bien.

—Hola, hija. ¿Cómo has dormido?

—Muy bien, mamá. La verdad es que la cama es bastante cómoda. Eso sí, me costó conciliar el sueño, estaba un poco nerviosa.

—Lo harás genial, Leo. Llevas el éxito en los genes gracias a mí —dijo mi padre. Si buscas «humildad» en el diccionario, aparece un retrato suyo.

—Bueno, ya veremos. No quiero confiarme en exceso. A saber cuál es la próxima prueba.

—Sea lo que sea y salga lo que salga, estamos orgullosos de ti.

—Gracias, mamá.

Habría quedado más emotivo si no hubiera tenido medio cruasán untado de mantequilla en la boca. No me había dado cuenta del hambre que tenía hasta que vi toda aquella comida. Al cabo de unos minutos, después de levantarme a rellenar uno de los platos con huevos revueltos, mi madre miró el reloj.

—¡Pero mira qué hora es! Acelera, Leonor. Tienes que subir a lavarte los dientes y a prepararte. —Tras echar un vistazo al móvil, confirmé que quedaba algo más de una hora para que empezara la siguiente prueba.

—Mamá, no te preocupes, aún hay tiempo.

—Que no, cariño. Venga, acábate deprisa la comida y vamos para arriba. No quiero que llegues tarde.

Cuando mi madre se ponía así, la batalla estaba perdida, así que empecé a acelerar y a beberme el café, que aún estaba ardiendo, intentando no quemarme el esófago.

La segunda prueba iba a realizarse en una sala distinta, bastante más pequeña, dado que el número de alumnos que seguíamos optando a una plaza se había reducido. Los que faltaban estaba claro que no encajaban en los ideales de la escuela.

Al fondo había una especie de escenario con un atril y un pequeño micrófono. Contra la pared, como el día anterior, una pantalla en la que se proyectaba el logo de la academia: un copo de nieve atrapado en un cubo de cristal. Me tenía enamorada. En el lado contrario, donde estaba la puerta de entrada, había varias filas de sillas que no parecían muy cómodas ocupadas por diversos aspirantes, unos solos y otros en grupo. Algunos tenían el móvil en la mano y otros repasaban unos apuntes inútiles, dada la naturaleza de las pruebas.

Una vez más, la impresión que alguien tuviera sobre mí en una prueba aleatoria y para la que era casi imposible prepararse definiría mi futuro. De ser la mejor a no ser nadie; de estudiar en una de las mejores instituciones a acabar en una universidad de segunda en cuestión de minutos...

«Leonor, ¡para!», me advertí. No podía seguir boicoteándome. Por suerte, una voz extrañamente familiar me sacó de mis ensoñaciones.

—¡Leonor, estamos aquí! —Alexia estaba rodeada por varias chicas y un chico, y los ojos de todos se clavaron en mí al mismo tiempo. Perfecto, con lo bien que se me daban las primeras impresiones...—. Chicos, esta es Leonor, la he conocido antes del desayuno. Está en la habitación de al lado. La he invitado a estar con nosotros. Estos son Lucas, Amanda, Crystal y Harper.

—Encantada, chicos. Soy Leonor. Bueno, ya os lo ha dicho Alexia, pero lo repito por si las moscas. —Cuando me entraba la verborrea vergonzosa no podía parar.

—Qué mona. Oye, me encanta ese vestido, te queda muy bien.

Por la cara de Harper, no esperaba que fuera la primera en hacerme un comentario agradable, pero parecía que las primeras impresiones sorprendían de vez en cuando.

—Vaya, gracias. No estaba segura de si era una buena elección, pero me alegro de que te guste.

Noté que las mejillas se me empezaron a enrojecer e intenté calmarme, pero antes de cambiar de tema, Harper volvió a abrir la boca:

—Es un gesto precioso que tu madre siga eligiéndote la ropa, dice mucho de ella.

Crystal y Amanda intentaron ocultar una carcajada, y mis mejillas siguieron sonrojándose, pero en esa ocasión de rabia. Y una vez más, alguien volvió a hablar antes de que pudiera responder:

—Anda que vas tú guapa. —La cara de Harper al oír a Lucas fue todo un poema—. Paso de esta payasa, vamos a sentarnos en las sillas del fondo.

Solo Alexia y yo le hicimos caso, y las otras tres se quedaron mirando cómo nos alejábamos. Pero no pude disfrutar de la victoria por mucho tiempo, puesto que una voz sonó por los altavoces de la sala. Una mujer de mediana edad, con el pelo rubio y figura esbelta, subió al escenario y se colocó detrás del atril.

—Hola a todos. Me llamo Jimena Sorní, y desde hace quince años dirijo la academia Roca Negra. —Qué cándida, igual pensó que no habíamos pasado horas buscando información sobre ella en internet para ir bien preparados. Aunque, como en el caso del centro, la información sobre ella era bastante limitada—. No suelo acudir a las pruebas de acceso, pero algunos de vosotros deslumbrasteis a los examinadores y no he podido resistirme.

Tras esas palabras se generó un poco de revuelo, y un chico hasta se levantó a hacer una reverencia.

—La gente es ridícula —mascullé.

—Ese chico se llama Calvin, lo conocí ayer. Es bastante majo, la verdad. No te dejes llevar por esa faceta chulesca —dijo Alexia. A juzgar por su voz y por cómo lo miró, pensé que ese «lo conocí» se quedaba corto. Y si no era así, estaba claro que le tenía ganas—. La verdad es que me parece monísimo. Si entramos los dos, no descarto tirármelo.

Qué bien se me da calar a la gente.

—Me fío mucho de las primeras impresiones, y la de ese tío deja mucho que desear. —Lucas añadió esas últimas palabras antes de que Jimena retomara el discurso con unos golpes sutiles en el micrófono.

—Es el segundo día de las pruebas y, de todos los que estáis aquí —dijo antes de tomar un leve descanso para respirar—, solo algunos lograréis cruzar las puertas de nuestra prestigiosa academia y veréis cómo cambia vuestra vida para siempre. Mucha suerte a todos.

Tras esa rotunda afirmación, se hizo a un lado y una vez más comenzó la magia. Una animación empezó a reproducirse en la pantalla del fondo, en la que el logo cobró vida y dio paso a una foto de la academia. Mi corazón bombeaba a una velocidad alarmante. La imagen fue volatilizándose con un fundido a negro y aparecieron tres recuadros, todos opacos salvo el primero, que rezaba ENTREVISTA PERSONAL, iluminado de un color distinto.

Seguido de un clic, el segundo recuadro empezó a parpadear. Una inteligencia artificial decidía el próximo examen que definiría nuestro futuro. Los nombres de las pruebas iban alternándose, hasta que los cambios de imagen fueron cada vez más y más lentos. Finalmente, la danza de luces se detuvo en el que sería nuestro segundo desafío.

—La siguiente prueba será el debate. —La voz de la directora llamó la atención de todos los allí presentes—. Por parejas al azar, iréis pasando por una de las salas que veis a la izquierda y nos tendréis que convencer de por qué sois mejores que vuestro compañero para entrar.

—¡Pero eso es injusto! —La voz escapó de mi garganta antes de ser consciente de que estaba hablando en voz alta.

Genial, a la mierda lo de no llamar la atención hasta entrar.

—Vaya, tenemos una detractora. —La voz de Jimena sonó menos dura de lo que cabría esperar, y pude ver que sus ojos saltaban entre los aspirantes hasta dar conmigo. Tampoco fue difícil, pues todos los demás se giraron a mirarme—. ¿Tienes algo que decir al respecto?

—Solo que es injusto. —Mi voz sonó más suave de lo habitual. Ella, con la mirada, me invitó a que siguiera hablando. Observé a mi alrededor y me topé con los ojos de Lucas, que me dieron las fuerzas que necesitaba para seguir hablando—. No nos conocemos, no puedo dar razones válidas de por qué soy mejor que mi pareja. No quiero tener que cargarme a alguien para demostrar mi validez.

—Nadie está diciendo que hagáis eso. Eres Leonor Castro, ¿verdad? —Estoy segura de que en ese momento mi corazón se saltó un latido—. Tengo una pregunta para contestarte. ¿Te conoces?

—Esto… —Me estaba retando, y con tanta gente mirándome y la posibilidad de entrar en la academia en juego, no pensaba responder al azar—. Por supuesto.

—Pues ya tienes lo que necesitas para convencerme de que eres la candidata perfecta.

Por mi parte, solo pude guardar silencio.

La pantalla se encendió una vez más y emitió una imagen con seis cajas en blanco enfrentadas tres a tres. Al pulsar un botón, Jimena Sorní hizo que los nombres empezaran a moverse como en una tragaperras hasta que seis aparecieron resaltados en negrita. Una de las profesoras que había estado con nosotros el día anterior leyó los nombres en voz alta:

—Calvin Anderson, Emilia Calleja, Alexia Ricaurte, Harper Nichols, Andrea Lorente y Laura Gobello, pasad a la sala que se os ha asignado en la pantalla.

Jimena había desaparecido sin que me diera cuenta. Supuse que habría ido a supervisar los debates. Esperaba que no me tocara con ella después de nuestro tenso intercambio de palabras.

Los alumnos mencionados se levantaron y se dirigieron al lugar indicado. Calvin, el chico que había hecho la reverencia hacía un rato, pasó por delante de mí con un andar de perdonavidas que hizo que me entrasen ganas de asestarle un puñetazo en el pecho, pero me conformé con respirar varias veces como me enseñó la psicóloga y mostrarle una sonrisa nerviosa. Alexia nos miró con pesadumbre antes de dirigirse a la sala en la que se enfrentaría a Harper. Algo me decía que no iba a salir del todo bien parada.

—Estoy cagado. —Me entró la risa por la expresión de Lucas, pero no dio importancia a mi carcajada—. ¿Ahora nuestra admisión depende de despellejar a otra persona?

—Depende de demostrar que somos capaces de sobreponernos a cualquier contratiempo. —No pareció entender mi comentario, así que se lo expliqué—: Todas las pruebas dependen de estar en el momento y el lugar adecuados. No buscan a las personas perfectas en un sentido genérico de la palabra, sino a la que mejor sepa adaptarse a los diferentes retos que se le presenten. Es un poco de lo que va la vida.

—Madre mía, qué intensa eres. Calla, que me agobias.

Tras esas palabras, Lucas me guiñó un ojo y se refugió en el móvil, lo que me dio unos segundos de tregua. ¿Llevaba yo razón o nos estaban animando a despedazarnos para entrar en Roca Negra? No podía dejar de pensar que algo se nos escapaba.

El tiempo no dejaba de correr. Estaba muy nerviosa. Más aún desde que se cerraron las puertas y se inició esa maldita cuenta atrás en el proyector indicando la duración de la prueba: veinticinco minutos. ¿Saber el tiempo que íbamos a tener era una ventaja o una condena? El temporizador llegó a cero y los seis alumnos salieron de las salas con caras exhaustas. Todos menos Harper y Alexia, que, a juzgar por su expresión, si hubiesen podido habrían convertido esa sala en un ring de lucha libre.

—Reza por no entrar en la academia, porque como lo consigas pienso hacerte la vida imposible.

—No la escuchéis, es una de las personas más irrelevantes de esta habitación. No creo que volvamos a verla. —La cara de Harper al oír las palabras de Alexia mostraba ira, pero decidió no montar un espectáculo y se largó.

Una vez más, la pantalla volvió a proyectar nombres al azar. Las letras parpadeaban al ritmo de los latidos de mi desbocado corazón hasta que apareció la peor de las opciones: Leonor Castro y Lucas Garrido. Ambos seguíamos sentados uno al lado del otro sin mediar palabra. Cuando cruzamos las miradas, advertí algo en sus ojos que no supe con certeza qué era hasta que entramos.

—Que los alumnos seleccionados se acerquen a sus respectivas salas para la prueba. —La voz de la profesora resonó lejana en mi cabeza. No era capaz de apartar la mirada de Lucas. Estaba aterrada.

Vi que se levantaba de la silla mientras yo luchaba para que mis piernas me obedecieran y le siguieran. De repente noté que todas las miradas estaban clavadas en nosotros y en nuestro pequeño paseo. Al entrar, la puerta se cerró y vi a Jimena. Nos hizo un gesto para que tomásemos asiento. La habitación no tenía más de tres sillas, dos de ellas enfrentadas y una tercera, en la que estaba sentada Jimena, se encontraba tras una mesa en la que descansaban algunos documentos. El suelo era blanco, con un brillo hortera que hacía que me costase concentrarme.

—Comenzad. —Ante nuestros gestos de asombro, continuó diciendo—: Como habéis visto, tenéis veinticinco minutos para convencerme de que uno de vosotros merece entrar en la escuela. Usad todos los ases que guardéis bajo la manga. Os lo jugáis todo.

Crucé una mirada con Lucas. Aquello era surrealista. ¿Para entrar en la academia tenía que destrozar a una de las pocas personas que me habían caído bien de entre todos los aspirantes? Era de chiste. Vale, no lo conocía, y cualquier persona no se lo habría pensado dos veces antes de empezar a soltar mentiras hasta ser la elegida, pero yo no era así. Si esos eran los valores que querían transmitirnos, no iba a participar.

—Ambos merecemos entrar —dijo Lucas—, pero no vamos a decirte por qué. Dejaremos que tomes tú la decisión y lo descubras por ti misma.

La cara de Jimena mostró algo que creo que llevaba mucho tiempo sin sentir: asombro.

—Vaya, ¿y por qué estás tan seguro?

Podía ver el brillo en los ojos de Jimena. Estaba claro, Lucas había llamado su atención.

—Porque a Leonor y a mí nos une algo de lo que carecen casi todos los aspirantes que esperan para hacer la prueba.

Intenté ocultar mi cara de sorpresa. No tenía ni idea de lo que estaba hablando.

—¿A qué te refieres?

—Humanidad y justicia. Lo he tenido claro tal como has dicho de qué iba el debate. Soy una persona muy observadora y al principio he sentido miedo. Las caras de casi todos los aspirantes de la sala han cambiado al darse cuenta de que se convertirían en rivales. Todos éramos conscientes de que competíamos por unas plazas limitadas, pero no esperábamos un giro así, al menos no tan pronto. Y entonces Leonor se ha atrevido a alzar la voz y decir que la prueba no le parecía justa. Y ahí me he dado cuenta de que pensábamos igual.

—Nadie ha dudado ni un segundo en vender a cualquiera de los aspirantes salvo Lucas y yo. —A pesar de los nervios, mi voz no temblaba—. Creo que tenemos valores parecidos, valores que faltan en la sociedad, y destacarán en un lugar como la academia Roca Negra. Ambos merecemos formar parte del próximo curso.

—Entonces ¿me estáis diciendo que os negáis a hacer la prueba?

—No exactamente. —La voz de Lucas era cada vez más convincente—. Estamos diciendo que el hecho de ser los únicos que no estamos dispuestos a pisarnos para entrar debería convertirnos en aspirantes de pleno derecho y seguir con las pruebas de acceso.

Jimena nos miró a los ojos unos segundos a cada uno. Tras anotar unas palabras en el cuaderno que sujetaba, preguntó:

—¿Estáis seguros de vuestra decisión?

—Sí, lo estamos. —Y mientras pronunciaba esas palabras, agarré la mano a Lucas para darle más ímpetu a la frase—: O los dos o ninguno.

—Que así sea. —Jimena apartó la mirada y comenzó a revisar unos documentos de la mesa. Esa sensación de indiferencia hizo que Lucas y yo entrásemos en pánico.

Unas diez rondas después, todas las personas que estábamos allí ya habíamos realizado la prueba. Lucas y yo no pudimos hablar mucho, pues seguíamos en *shock*. Alexia intentó que le contáramos qué había pasado ahí dentro, pero preferimos mantenerlo en secreto. Creo que ambos empezábamos a pensar que habíamos cavado nuestra propia tumba. Pero no estaba triste; sentía las palabras que había pronunciado.

—Gracias por la espera. Lo que está a punto de pasar os sorprenderá. Normalmente hay tres pruebas de acceso, pero cuando toca debate se reducen a dos. Me complace comunicaros que ya las habéis realizado todas. ¡Enhorabuena!

Empezaron a retumbar por la sala vítores y aplausos que dejaron claro el éxtasis que las palabras de Jimena nos habían causado. Bueno, no a todos. Yo era incapaz de moverme.

—Ahora estad muy atentos. La vida de cuarenta y cinco de vosotros está a punto de cambiar para siempre.

La pantalla volvió a proyectar nombres, pero esta vez permanecían estáticos durante unos segundos con una foto del alumno al lado, mientras la ilusión inundaba la cara de los elegidos. Cuando el nombre de Alexia apareció en la pantalla, nos abrazó a Lucas y a mí, y me esforcé por devolverle el entusiasmo. En el fondo, tenía claro que mi nombre no iba a aparecer.

Cada vez quedaban menos plazas.

41. AMANDA LORENZO PUYOL

La vida de esa gente acababa de cambiar…

42. ALEJANDRO NIETO ALCÁZAR

… en un segundo…

43. MEI LING

… y yo me iba a quedar con mis padres…

44. LUCAS GARRIDO AGUIRRE

… para siempre.

45. LEONOR CASTRO GALÁN

O quizá no.

4

Aún me costaba creer lo que iba a pasar ese día. Toda mi ropa estaba empaquetada, perfectamente etiquetada y separada en una maleta gigante y en otra de mano. La academia nos había prohibido llevar cosas innecesarias, puesto que al parecer las habitaciones tenían todo lo que pudiéramos necesitar. Sin embargo, podíamos decorar las paredes con pósters y fotos, pero yo no destacaba por tener una colección de amigos infinita.

Aunque eso también empezaba a cambiar. Desde el día de la segunda prueba no había dejado de hablar con Alexia y Lucas. En cuanto comunicaron el nombre de los admitidos, los seleccionados tuvimos que quedarnos en la sala para cumplimentar infinidad de documentos relacionados con nuestra admisión. Y en ese instante alguien aprovechó para ir pidiéndonos el número de teléfono a todos para crear un grupo de WhatsApp.

Lo que más me sorprendió fue cuando anunciaron la fecha de entrada en la academia Roca Negra. Sabía que era un sitio peculiar y que tendría sus propias reglas, pero de ahí a que empezásemos las clases a finales de agosto había un paso. Eso sí, me moría por empezar mi nueva vida, así que tampoco me molestó mucho. Por el contrario, mi madre llevaba el luto por dentro.

Los días posteriores pasaron muy rápido, y cuando quise darme cuenta ya tenía las maletas en el Audi RS6 de mi padre, el mismito que tenía el rey. Él siempre debía ir un punto más allá que el resto de la gente. Me encantaba porque era muy espacioso, y más teniendo en cuenta las horas de viaje.

En momentos como ese, mis padres no son de los que hablan sin parar. De hecho, reinaba un silencio sepulcral. Supongo que solo pensaban que su única hija abandonaba el nido para emprender su propio viaje. Quizá creyeran que, con cada palabra que pronunciaran, el tiempo se les escaparía de los dedos aún más rápido. Y esa es la razón por la que estuve casi todo el viaje con los AirPods en las orejas, intentando echar alguna que otra cabezada, aunque de forma infructuosa.

Cansada del modo aleatorio, decidí sumergirme en la biblioteca musical que tenía en Spotify. No estaba en el *mood* de ponerme a Taylor Swift, como en el viaje anterior, porque ahí sabes cuándo entras, pero no cuándo sales, y tampoco me encontraba lo suficientemente animada como para escuchar una lista de música nueva, así que me decidí por uno de mis discos favoritos de 2022: Sabrina Carpenter y su *emails i can't send* siempre conseguía levantarme el ánimo y hacer que el tiempo pasara deprisa.

No había llegado a la cuarta canción del disco cuando la mano de mi madre me rozó la rodilla. Intentaba decirme algo, pero no la había oído.

—Mira por la ventana, Leo, ya se ve la academia. Es increíble.

Y razón no le faltaba. A lo lejos, en la ladera de una montaña que aún mantenía el verde del verano, se erigía la academia Roca Negra con una majestuosidad aplastante. Su estructura de cristal parecía desafiar al cielo y otorgaba al espectador una imagen regia y despampanante. No podía esperar a llegar, necesitaba estar allí ya.

Un cartel de la carretera indicó que entrábamos en Baqueira. Todos mis sueños se estaban haciendo realidad. Volver allí hizo que toda la adrenalina que sentí durante las pruebas invadiera mi cuerpo. Solo habíamos recorrido una avenida cuando me fijé en el autocar negro con el logo de la escuela que estaba aparcado en una zona de tierra, rodeado de familias inundadas en lágrimas. Guau, esto empezaba ya. En el coche se hizo el silencio mientras aumentaba la tensión. No tardamos mucho en llegar a la altura del autocar, y mi padre aparcó a su lado.

Al bajar, observé a mis compañeros, que se estaban despidiendo de sus familias entre abrazos y lágrimas. ¿Qué demonios estaba pasando? A lo lejos hice contacto visual con Lourdes, una de las profesoras que nos había acompañado en las pruebas, y se acercó a nosotros.

—Buenos días, Leonor, es un placer verte de nuevo. ¿Qué tal el viaje?

—Ha sido largo, pero asumible. Estoy muy emocionada.

—Me alegro mucho. Estamos muy felices de tenerte aquí. —Seguro que decía lo mismo a todos los alumnos, pero qué bien me sentó oírlo.

—¿Qué pasa aquí? ¿Por qué hay un autocar? ¿No vamos a poder acompañar a nuestra niña hasta Roca Negra? —Mi madre no sabía hacer solo una pregunta. Ella siempre bombardeaba.

—Señora Galán, en la academia consideramos que es contraproducente que acompañen a sus hijos hasta la puerta. Ya no son niños; esto es un salto de fe. Además, tenemos ciertas dinámicas preparadas para cuando lleguen que no podríamos hacer si cada uno lo hiciera por su cuenta. Es mejor que se despidan aquí y que los chicos comiencen su camino solos.

—¿Y no podrían haberlo dicho? ¡Nos hemos metido un viaje de horas!

—Si avisáramos, no tendría sentido. En esta institución queremos que sus hijos e hijas se adapten a las posibles adversidades que la vida pueda plantarles enfrente, que sepan reponerse ante los malos momentos y aprendan a vivir en esta sociedad cambiante.

Mi madre respondió con el silencio. No era habitual que alguien consiguiera hacerla callar, lo que me demostró que aquello iba más en serio de lo que parecía.

Mi padre siempre ha sido una persona muy dura. Solo recuerdo haberle visto llorar el día del entierro de mis abuelos. Los dos murieron en un accidente de tráfico cuando yo era pequeña, y recuerdo que él y sus hermanos se abrazaron inundados en lágrimas. También recuerdo que, a partir de ese día, todo empezó a cambiar: fue como si mi padre hubiera cumplido una de las etapas de la vida y entrara en otra distinta. Más o menos como estaba a punto de hacer yo.

—Mucha suerte con todo, hija. Espero grandes cosas de ti.

Siempre era así de escueto. Por suerte, lo tenía asumido y tampoco esperaba una gran despedida con abrazos y golpes en el pecho.

—Por favor, hija, no te olvides de nosotros. Llámanos mucho, por favor.

Mi madre era todo lo contrario. Las lágrimas le habían arruinado el maquillaje y no podía controlar los espasmos que le sacudían el cuerpo. Parecía una niña enrabietada porque le habían quitado un juguete. Y en esa metáfora, su juguete era yo.

—No te preocupes, mamá, os llamaré mucho. No voy a olvidarme de vosotros, no dramatices. Lo único que va a cambiar es dónde estudio y dónde vivo, no quién soy —dije, aunque de esto último tenía mis dudas.

Tras esas últimas palabras, los tres nos fundimos en un largo abrazo que hizo que las lágrimas empezaran a pedir permiso para escapar de mis ojos, pero decidí no dárselo.

Terminé el abrazo antes de lo que a ellos les hubiera gustado, pero si hubiese sido por ellos no habría acabado nunca. Les di un último beso en la mejilla a cada uno y me volví; si seguía mirándolos iba a convertirme en una lágrima con patas. Por suerte, Lucas apareció a mi lado y me agarró del brazo. Pasando lista en la puerta del autobús estaba María, la otra profesora que nos había acompañado en las pruebas.

—Qué fuerte que ya estemos aquí.

—Ya, la verdad es que aún me cuesta creerlo.

—Pues empieza a asumirlo, preciosa. Somos la nueva élite del mundo. —Mientras me reía, vi que Lucas fijaba la mirada detrás de mí—. Dos guapos discutiendo... Vamos a cotillear.

Así que me tiró del brazo y me arrastró lo suficientemente cerca de ellos como para enterarnos de lo que pasaba. Y razón no le faltaba, la verdad: los dos estaban buenísimos. Uno de ellos era Calvin, al que seguía sin pillarle el punto. Al otro no lo reconocí, pero era mayor que nosotros.

—No pienso ir en este autocar de mierda como todos los demás. —Calvin tenía un acento inglés más cerrado de lo que recordaba. El chico que estaba delante de él le miraba a los ojos—. ¿No me oyes? No pienso subir.

—Relájate, Calvin. Las normas de la academia indican que todos los alumnos deben acudir en...

—¿Estás sordo o eres idiota? Acabo de decirte que no iré a ningún lado sin mi chófer. ¿Acaso no sabes quién soy?

—Entonces Calvin se dio cuenta de que le estábamos mirando—. ¿Qué pasa, queréis participar?

En ese instante se volvió el otro chico. Era aún más sexy de cara que de espaldas. Tenía unos brazos gigantes, la mandíbula marcada y la mirada un tanto perdida.

Todos nos quedamos en silencio. Por suerte, María se acercó en el momento idóneo para calmar los ánimos.

—¿Qué está pasando aquí, chicos? ¿Hay algún problema?

—Este inútil me prohíbe ir en coche a la academia.

María los miró antes de hablar:

—Juls, no te preocupes, yo me encargo. —Cambió de posición y se quedó mirando a Calvin—. Y yo que tú empezaría a mostrar respeto por la gente. Te presento a tu profesor de Deporte. Ahora coge tus cosas y sube al autobús como tus compañeros.

—¿Y qué pasa con el coche?

—Estoy segura de que tu chófer podrá encargarse de esos temas logísticos. No te preocupes por eso, y hazme caso. —Ante la ausencia de respuesta por parte de Calvin, María añadió—: A no ser que prefieras volver con él por donde has venido... Tú eliges.

—Esto es increíble —dijo Calvin mientras se daba por vencido e iba a buscar su equipaje.

Aproveché el silencio entre ambos para meter la maleta en la bodega y arrastrar a Lucas al autobús sin hacer ruido. Al mirar alrededor me fijé en que la mayoría de la gente había estado observando la pequeña bronca entre

Calvin y María. No estaba segura de que llamar la atención tan pronto fuera bueno, pero él vería.

Justo antes de entrar en el autocar, Alexia se acercó a nosotros con los ojos bañados en lágrimas y, tras un abrazo, subimos juntos. Aunque llamar a eso «autocar» era como decir que el Prado es una exposición de arte. Por dentro era indescriptible: parecía nuevo, con una madera impoluta y detalles de un blanco inmaculado. La distribución de los asientos era de dos en dos, pero todos eran lo suficientemente amplios como para que no tocaras a tu compañero en ningún momento. Además, cada uno contaba con una pantalla —más grande de lo que hubiese podido imaginar—, y había una nevera en el pasillo de la que la gente ya estaba sacando agua y refrescos.

—Leo, ¿nos sentamos juntas aquí? —Alexia señaló dos asientos hacia la mitad del bus.

Lucas no dijo nada, pero por su cara me pareció que le hubiera gustado que me sentara con él.

—Me pongo en el de al lado, chicas. Además, quería ir solo... —Su voz no fue muy convincente, pero no le di mayor importancia.

Alexia me preguntó si podía sentarse ella junto a la ventana. La verdad es que yo prefería ese sitio, pero tampoco podía negárselo. Aunque no quería admitirlo, era tan perfecta que me intimidaba. En ese momento apareció un chico junto al asiento que quedaba libre al otro lado del pasillo, ya que Lucas también había cogido la ventana.

—Perdona, ¿te importa que me siente? —le preguntó a Lucas, que asintió con la cabeza, pero cuando crucé la mirada con ese desconocido saltaron chispas.

Debía de ser uno de los muchachos más guapos que había visto jamás. Tenía los ojos de un extraño color miel que, junto con la piel aceitunada y el pelo castaño perfectamente despeinado, ofrecían un aire de perfección que me dejó sin habla.

—Gracias, soy Raúl. Espero que no os incomode que os dé algo de conversación. Estoy bastante nervioso.

Raúl no dejó de hablar en todo el trayecto, cosa que agradecí; así pude observarle atentamente a pesar de lo cerca que estábamos. Alexia no le prestó mucha atención. Incluso me pareció que le molestaba que yo lo hiciera, pero no podía apartar la mirada de esa especie de ángel caído del cielo.

Cuando llevábamos unos diez minutos de viaje, apareció ante nuestros ojos una gran verja negra con el logo de la academia en forma de mosaico. En el autocar se hizo el silencio. Se me erizó el vello del cuerpo y sentí un escalofrío por la emoción. No podía creerme que estuviera allí.

De repente, el autobús se detuvo y todo el mundo empezó a levantarse. Raúl nos miró a Lucas y a mí con cara de emoción y arqueó las cejas, como diciendo: «Esto ya empieza». Se puso en pie y los tres le seguimos.

Tras recorrer un camino de grava, el sol nos cegó y la

academia Roca Negra apareció ante nosotros como si de un oasis se tratara. Estuve tentada de frotarme los ojos. Por mucho que la hubiera visto en fotos, en mi mente no tenía sentido que ese enorme cubo de cristal en el que se intuían cuatro plantas estuviera en mitad de la montaña. Lo enmarcaba un césped tan verde que parecía pintado, y ya se veían las pistas para jugar a todos los deportes que pudiera imaginar: pádel, tenis, fútbol... Por lo que había leído en el folleto, también había piscina.

Seguimos andando hasta llegar a la entrada de la academia, donde nos esperaban nuestros futuros profesores.

—Al fin puedo decir mis palabras favoritas de cada año: ¡Bienvenidos a la academia Roca Negra, alumnos de 2023! —exclamó Jimena Sorní.

Estábamos contentos, eufóricos, y nos unimos para demostrar nuestro entusiasmo. En ese instante, todo comenzaba.

—Como directora de la academia Roca Negra, os felicito por haber sido admitidos en el centro. Sé que me veis como una figura de autoridad en la institución, pero me gustaría llegar a ser vuestra amiga y confidente. Prefiero considerarnos una gran familia. El edificio que hay detrás de mí será vuestra casa durante los próximos años y nos encargaremos de forjar vuestros caracteres para que triunféis en el difícil mundo en que vivimos. Si nos hacéis caso y confiáis en nosotros, tendréis todo lo que podáis desear al alcance de la mano.

Examinando los rostros de quienes me rodeaban, noté

que todos sentíamos lo mismo. Era nuestro momento. Estábamos haciendo historia.

—Como podéis ver, la academia tiene cuatro pisos. En el último viviréis vosotros con el resto de los alumnos de otros cursos y con nosotros, los profesores. —Dejó pasar un segundo antes de añadir—: Bueno, en realidad no todos. Uno de vosotros se irá a casa ahora mismo. Y esa decisión está en vuestras manos.

5

Tenía que ser una broma. ¿Iba en serio? ¿Dónde coño estaba la cámara oculta? Los murmullos se convirtieron en palabras; las palabras, en gritos; y los gritos, en abucheos. Al parecer, a nadie le parecía bien esa decisión de última hora.

—¡No es justo! —Una voz femenina fue la primera en alzarse.

—¡Tienes que estar de coña! —añadió un chico al que conocía perfectamente.

Raúl estaba de pie junto a mí sin hablar, y en su cara identifiqué el miedo. Él tampoco quería irse de allí.

—Puede que no os parezca bien, pero os aseguro que es lo que pasará. Desde hace años, esta es la última prueba de la academia. Todos vuestros predecesores la han superado con éxito. Os toca elegir.

Las palabras de Jimena no sirvieron para calmar los ánimos. No sé cómo encajaron esta decisión los alumnos de promociones anteriores, pero a nosotros no nos hizo ninguna gracia.

—No vamos a tomar ninguna decisión.

—También puedes ser tú el que abandone y nos ahorramos la dinámica que os voy a explicar. —Es curioso: todos somos muy valientes hasta que nos amenazan a la cara. Las voces fueron acallándose poco a poco y dieron paso al silencio. Jimena tomó la palabra de nuevo—: Eso pensaba yo.

En fila, junto a Jimena, se encontraban todos los profesores que enseñaban en Roca Negra. Entre los docentes estaban María y Lourdes, que nos habían acompañado en las pruebas de acceso. Bueno, y Juls.

—La dinámica es la siguiente: sois cuarenta y cinco alumnos, y aunque creáis lo contrario, este año tendréis que contar los unos con los otros para prosperar. El trabajo en equipo es uno de los pilares que os inculcaremos en esta institución. Por tanto, os voy a pedir que, con lo mucho o poco que os podáis conocer, forméis parejas con la gente que os rodea. La persona que se quede sola deberá abandonar la academia.

Nadie se atrevía a hablar. Nos costaba creer que lo que acaba de decir la directora fuera una realidad. No dejaban de ponernos a prueba, y empezábamos a estar exhaustos. Solo queríamos comenzar nuestra nueva vida en Roca Negra. ¿Era tanto pedir? Noté que alguien me cogía la mano y al girarme vi a Alexia, con el rostro muy cerca del mío.

—No te preocupes, tú y yo no nos vamos a ir —me susurró en la oreja. ¿Era esto la amistad?

—Adelante, alumnos, la decisión es vuestra.

Las palabras de Jimena volvieron a sembrar el caos. Alexia me apretó la mano mientras miraba alrededor, como marcando su territorio. No es que nadie me fuera a raptar, pues era de las pocas personas con las que había hablado. Pero al echar un vistazo entendí su gesto. Quitando a algunos aspirantes que, como nosotras, habían entablado algo de relación en las pruebas de acceso, la mayoría de los alumnos entraron en pánico: se miraban entre ellos y se acercaban al primer contacto visual algo eficiente que sentían. Vi como Raúl le cogió la mano a Lucas y ambos suspiraron aliviados. Yo también, pues no quería que ninguno de ellos se fuera. Esa curiosa ceremonia duró unos minutos, pero al estar emparejada, pude centrarme en otras cuestiones, como, por ejemplo, las caras de los profesores. Me atrevería a decir que disfrutaban viendo las expresiones de terror de algunos alumnos.

El tiempo corría, y cada vez quedaba menos gente desemparejada. Amanda y Harper fueron las últimas en elegirse entre ellas. Eché un vistazo a mi alrededor y me di cuenta de quién se había quedado solo: Calvin. Al parecer, llamar la atención no era bueno.

—Lo siento mucho, Calvin, pero tus compañeros han decidido que tú serás el alumno que abandone este año.

—No tiene sentido. Esta prueba es estúpida. Merezco entrar, y lo sabéis.

—Puede que sí, pero por alguna razón el resto de los admitidos no han confiado en ti.

Por respuesta, Calvin guardó silencio. Miré a Alexia y me di cuenta de que no esperaba para nada que fuera él el expulsado.

—Tengo algo más que deciros, ya que no he sido del todo sincera con vosotros. Quiero que miréis a la persona que tenéis a vuestro lado. Tomaos unos segundos. —Todos obedecimos. Alexia me guiñó un ojo y me apretó un poco la mano—. Espero que hayáis escogido bien, porque ese será vuestro compañero de habitación durante, al menos, el próximo año. —En ese momento, mi mano volvió a quedarse huérfana.

La cara de Alexia cambió en un segundo, incapaz de mirarme. Se quedó helada observando a Jimena, intentando adivinar si lo que estaba diciendo era verdad u otra prueba.

—¿Compartir habitación? Esto es de risa... —No pensaba que nadie se atreviese a hablar de nuevo.

—Me parece que este año no sois conformistas. Eso me gusta, que luchéis por lo que creéis que es justo. Pero mucho me temo que esta decisión no os compete. En Roca Negra nos gusta enseñaros a sobreponeros a los cambios de planes que os pueda plantear la vida. Y compartir habitación durante un año con un desconocido será una experiencia que nunca olvidaréis. —Jimena tenía su discurso muy aprendido.

—Pues no vamos a hacerlo. Nadie nos avisó de esto. Hablaré con mi padre al respecto. —Por la voz, fue Harper la que habló.

—Bueno, estoy segura de que Calvin estará encantado de quedarse con la plaza de cualquiera de vosotros si decidís abandonar. —La cara de Calvin era un poema; no sabía dónde meterse. Un simple intercambio de miradas entre Harper y él fue suficiente para que ella cerrase el pico—. Cada año realizamos esta prueba y, en todas las ocasiones, por motivos distintos, un alumno no encuentra pareja. Lo siento mucho, Calvin, pero así son las cosas.

En el rostro de Calvin vi que le costaba gestionar la situación. Ira y vergüenza se agolpaban en su pecho luchando por salir, pero estaba tan bloqueado que solo podía guardar silencio. Nos echó un último vistazo a todos antes de aceptar su derrota y dirigirse al autobús.

—Un segundo, Calvin. Hoy todos aprenderéis una lección: la lógica de la academia nunca es obvia, y las dinámicas pueden modificarse según vuestras reacciones o actitudes. Nunca deis nada por sentado. Nada. Igual que en los negocios o en la política, todo puede cambiar en un segundo. Y vuestra fortaleza debe ser la adaptación constante. —Ninguno estábamos entendiendo el razonamiento de Jimena, por lo que se animó a seguir—: No has sido elegido por tus compañeros, es más, estaban dispuestos a que abandonaras la academia, así que tendrás que ganarte su confianza. —Una sonrisa se le dibujó en la cara antes de seguir hablando—: Ingresarás, y lo harás en una habitación individual. Enhorabuena. Acabas de recibir el privilegio de ser el único de tu curso con una habitación para él solo.

¿Qué estaba pasando? ¿Le estaba haciendo un regalo o lo estaba poniendo en el punto de mira, sentenciándolo? ¿Qué clase de dinámica era esa? ¿Otra prueba? Cada vez que pensaba que entendía aquel lugar, pasaba algo como esto y me demostraba todo lo contrario.

Esa gente era tan rica que no estaba acostumbrada a compartir nada, ni siquiera con sus hermanos. Para sus padres era más fácil comprar el doble de todo que molestarse en que sus hijos aprendieran qué era la generosidad. Cuando el dinero no es un problema, la educación y las maneras quedan en segundo plano. Por eso no me sorprendió la reacción de todo el mundo ante la decisión de compartir cuarto. Sobre todo, teniendo en cuenta que Calvin iba a ser el único en disfrutar de una habitación individual. Alexia se quedó muda a mi lado, e incluso juraría que se puso de mal humor. Si tenía que ser sincera, tampoco me hacía ilusión compartir cuarto con nadie, pero no iba a permitirme una rabieta en silencio como la suya. Decidí no darle importancia. Al fin y al cabo, era el primer día y teníamos los sentimientos a flor de piel.

Pero obviamente me dolió su reacción. En cuanto retiró la mano, de repente se mostró fría. Podía entender que no le gustara la idea de compartir habitación, pero tampoco tenía que pagarlo conmigo.

Minutos más tarde, tras subir unas escaleras de cemento y cruzar unas grandes puertas de cristal, llegamos al *hall* de la academia. A pesar de las paredes de vidrio templado, la cantidad de luz que se filtraba no cegaba, incluso me atrevería a decir que se estaba más fresco dentro que fuera. Cabría pensar que un edificio así fuera una especie de lupa y nosotros las hormigas, pero era muy agradable.

Había visto las fotos de la web, pero definitivamente no estaba preparada para lo gigante y moderno que era ese lugar. Todo parecía sacado de una especie de Ikea futurista, de una época en que podremos teletransportarnos cruzando una simple puerta.

—¿Qué os parece vuestro nuevo hogar? —nos preguntó Lourdes.

—¡Guau! —Harper fue la primera en alzar la voz—. Este sitio es alucinante.

—Y esto solo acaba de empezar. Hasta el lunes no comenzarán las clases. Este fin de semana queremos que desconectéis, que creéis vínculos entre vosotros y disfrutéis. En la mesa que hay detrás de mí encontraréis veintidós pares de tarjetas con el número de habitación. Id pasando y cogiendo las que queráis. Os aseguro que, menos la habitación de Calvin, cuya tarjeta tengo aquí —dijo Jimena mientras sacaba una de la manga—, todas las demás son idénticas.

Alexia y yo nos miramos antes de ir hacia la mesa que nos había indicado. Lucas y Raúl nos acompañaron, pero ellos estaban mucho más animados que nosotras por compartir habitación.

—¿Prefieres algún número o te da igual? —El tono de Alexia intentaba ser dulce de nuevo.

Supongo que había notado que su actitud me había molestado e intentaba disimular su enfado.

—El ocho siempre ha sido mi número de la suerte —respondí un tanto reticente. No me habría sorprendido que hubiera cogido cualquiera menos ese.

—Tus deseos son órdenes —dijo mientras alargaba la mano derecha e intentaba alcanzar dos tarjetas negras con el número ocho antes de que Harper se le adelantara.

—Lo siento, haber estado más rápida.

—Te juro que no la soporto —me susurró Alexia al oído.

Tuvimos que conformarnos con el número doce. Las tarjetas fueron desapareciendo de la mesa, y por parejas, sin que nadie nos dijera nada, fuimos colocándonos detrás de Jimena, a la espera de nuevas indicaciones.

—Alumnos, atención. Voy a deciros algo bastante importante. —El murmullo que se había creado se apagó al oír la voz de Jimena—. Pertenecer al alumnado de la academia Roca Negra es un privilegio. Sin embargo, como comprenderéis, hay unas reglas que debéis respetar para garantizar el bienestar del ecosistema que hemos creado. Regla número uno: tolerancia cero al *bullying*. Sois compañeros y acabaréis siendo familia. Tenedlo en cuenta. Regla número dos: los estudios son lo primero. Si empezáis a pinchar en las asignaturas, avisaremos a vuestros padres. Al tercer suspenso, estáis expulsados. En esta academia hay que demostrar la valía a diario. Regla número tres: nadie sale de los terrenos de Roca Negra salvo situaciones justificadas. Habéis cruzado unas verjas con el logo de la academia; de ahí para fuera, y hasta nueva orden, el mundo no existe para vosotros. Regla número cuatro: el consumo de alcohol y sustancias tóxicas o ilegales está completamente prohibido. Quien se salte esta regla estará fuera en un pispás. Por último, regla número cinco: no se permiten las faltas de respeto a ningún profesor. Debéis tratarlos con la consideración que merecen. A la tercera amonestación de este tipo, seréis expulsados.

Tras decir estas palabras, chasqueó los dedos delante de la cara. Y como un ilusionista con su público, consiguió grabarnos a fuego las normas que debíamos seguir.

—Ahora volved al autocar, recoged el equipaje e id a ver vuestras habitaciones. No os esmeréis mucho colocando la ropa, ya habrá tiempo. En media hora debéis estar de vuelta en el vestíbulo para que os explique qué haremos el resto del día.

Cuando nos disponíamos a cumplir sus indicaciones, Jimena volvió a hablar. Estaba claro que le encantaba crearnos incertidumbre.

—Por cierto, chicos, se me olvidaba un último detalle. Quiero que sepáis que me entero de todo. —Nadie se atrevió a añadir nada tras sus duras palabras—. Las paredes de esta academia llevan años trabajando conmigo y me son leales, así que antes de hacer algo que viole las reglas, yo que vosotros me lo pensaría dos veces. Nunca nos ha temblado el pulso a la hora de expulsar a alumnos, y este año no será una excepción. —Su reflexión provocó un silencio sepulcral—. Tendréis el mundo al alcance de la mano. No os la juguéis por nada ni por nadie. Ni siquiera por vosotros mismos.

No sé por qué, pero esas últimas palabras me hicieron temblar.

Ya no había vuelta atrás.

6

Como había dicho Jimena, todas las habitaciones estaban en la cuarta planta, tanto las de los alumnos como las de los profesores. Y eso podía ser bueno y malo. Por supuesto, los cuartos de los docentes estaban separados de los nuestros. Miraban al patio central, y para acceder a ellos había que cruzar un corredor que se encontraba en la mitad del pasillo de los alumnos de segundo. Nuestras habitaciones daban al exterior, con unas vistas espectaculares a las montañas de la zona. Las cuatro individuales —una por curso, del mismo tamaño que las dobles— estaban en las esquinas del edificio. Esa gente no dejaba nada al azar.

Además, cada curso contaba con una zona común —enorme para los que la íbamos a usar, pero todo allí era excesivo— y con un aula de pintura preparada con todo lo que nuestras mentes creativas pudieran necesitar: caballetes, lienzos, cuadernos, rotuladores, ceras...

También había un aula de música con diversos instrumentos y micrófonos, otra con utensilios para escultura, alfarería y cerámica, y hasta una sala de estudio insonorizada para que nadie nos molestase. Era increíble.

El pasillo de las habitaciones era de un blanco inmaculado. A pesar de ser interior, los tragaluces del techo dejaban entrar la luz del día. El corredor de los de primero estaba atestado de alumnos novatos buscando su nuevo hogar. Antes de entrar en la habitación, Alexia se dio cuenta de que se había dejado algo en el autobús, y a pesar de que me ofrecí a acompañarla, insistió en ir sola. Al principio la creí y decidí esperarla en la puerta para estrenarla juntas, pero como tardaba demasiado y teníamos que volver al *hall* en media hora, terminé haciendo los honores y entré sola.

Había un pequeño recibidor, a la derecha del pasillo estaba el baño y, a la izquierda, un gran vestidor para guardar toda nuestra ropa. Algo me decía que no repartiríamos el espacio de forma equitativa, al menos por el tamaño del equipaje de mi nueva compañera. Al fondo se encontraba la habitación. Bueno, podríamos decir «las habitaciones», ya que el espacio estaba separado, reproducido en forma de espejo a cada lado. Bajo la ventana había un gran escritorio y dos sillas. Sobre él descansaban varias cajas, paquetes de folios, cuadernos, clips, bolígrafos... Todo el material escolar imaginable.

Justo delante, de espaldas a mí al entrar, estaban las camas. Encima de cada una de ellas encontré una especie de «paquete de bienvenida». Alexia seguía sin aparecer, así que mostré decisión por una vez en mi vida y me quedé con el lado izquierdo de la habitación. Dejé las maletas junto al escritorio y me acerqué a un espejo de cuerpo entero que había al lado de la cama para arreglarme un poco el pelo.

La caja era de un tamaño considerable, que, junto con el serigrafiado del logo de la academia, tenía un aura que me invitó a abrirla. Dentro había un iPhone, un iPad y un MacBook nuevos, además de una carta. Al parecer, debíamos dejar de utilizar nuestros antiguos dispositivos y usar esos, trackeados con una aplicación de la academia para tenernos localizados en todo momento. Además, llevaba un *software* que nos avisaría de todo lo relacionado con la escuela a través de una aplicación. Por lo que ponía en la carta, no podíamos negarnos y debíamos cambiar nuestros viejos dispositivos por los nuevos antes de bajar al *hall*.

En la caja también encontré el uniforme de la escuela. Había cuatro partes de arriba y cuatro de abajo, por si se nos manchaba o rompía alguna: una camisa blanca con el logo bordado en negro en la parte derecha del pecho, un jersey rojo con el logo en blanco en la misma posición y una falda plisada de cuadros escoceses de color verde oscuro. Para rematar, todos debíamos llevar una corbata de bolo que se cerraba con la silueta de un copo de nieve. También había tres chándales enteros del mismo color que el jersey e idéntico bordado en el pecho. Y junto a esas prendas se hallaban también unos calcetines rojos, dos pares de zapatos de vestir negros y dos pares de deportivas blancas. No era el uniforme de mis sueños, pero podría haber sido peor. Al menos solo era obligatorio durante las clases, aunque algo me decía que acabaríamos todo el día con él puesto.

No me costó configurar el terminal; siempre se me han dado bien estas cosas. Si debo ser sincera, tardé más en quitarme el pendiente para sacar la SIM de mi antiguo móvil que en configurarlo. Mientras lo hacía, Alexia entró en la habitación con un gesto un poco triste. Al principio lo achaqué a lo grandes y pesadas que eran sus maletas, pero me dio la impresión de que había algo más. Cuando le expliqué lo del móvil para no perder tiempo y llegar al *hall* a la hora indicada, no me dio ni las gracias. Al parecer, no le apetecía hablar. Se le había vuelto a avinagrar el carácter y preferí no preguntar.

Cuando las dos tuvimos configurado el móvil, bajamos a reunirnos con los demás en el *hall*, tal como nos habían indicado. Los pasillos seguían repletos de estudiantes. Vi a Lucas y Raúl a lo lejos, pero Alexia prefirió bajar por las escaleras que esperarles e ir a hacer cola en los ascensores. ¿Por qué ese cambio de actitud? Algo me decía que Alexia no quería que me juntara con Raúl.

Cuando llegamos abajo, Jimena y el resto de los profesores seguían allí. Poco a poco, todos fuimos llegando y colocándonos delante de ellos, expectantes por lo que tuvieran que decirnos.

—Espero que todo sea de vuestro agrado y que al menos tengáis el nuevo móvil en el bolsillo y configurado. —El silencio fue la única respuesta que obtuvo—. Lo próximo que os voy a contar también definirá vuestro año. Por favor, dad la bienvenida a unas personas muy importantes para vosotros.

Por detrás de ella, nueve estudiantes aparecieron en fila y se colocaron a su derecha. Todos mostraban una mirada decidida y un aura de perfección que solo había visto en las películas.

—Quedaos con estas caras, porque son los mentores de vuestro curso. Cada año formamos grupos según la información que obtenemos de vosotros en las pruebas de acceso. Estudiamos vuestras capacidades y compatibilidades, y se os asigna un mentor que se encargará de velar por vuestra adaptación a la academia durante los primeros meses. Debéis verlo como una especie de grupo de apoyo y acompañamiento.

Todos nuestros móviles vibraron al unísono. Era increíble, lo medían todo al milímetro. ¿En serio alguien había pulsado un botón justo cuando ella acababa de hablar? ¿Tenía el discurso tan aprendido que sabía cuánto iba a tardar en decirlo? ¿O era una gran casualidad? No, casualidad no podía ser.

—Alumnos, no saquéis el móvil aún. —Varias personas lo tenían ya en la mano, pero volvieron a guardarlo sin mirarlo. Todos nos moríamos por saber qué nos habían mandado, pero cuando Jimena hablaba era ley—. Acabáis de recibir el nombre de vuestro grupo de mentorías. Hay nueve, como los alumnos veteranos que nos acompañan: Ágata, Calcita, Citrino, Cuarzo, Selenita... —Cada vez que decía un nombre, señalaba a uno de los chicos que la acompañaban, cuya cara reflejaba emoción—... Lapislázuli, Obsidiana, Amatista y Pirita. Ahora sí, alumnos. Sacad los móviles, averiguad qué grupo os ha tocado y acercaos a vuestro mentor. Estáis a punto de tener vuestra primera mentoría.

Rápidamente, saqué el móvil para ver qué grupo me había tocado antes de olvidarme del orden en el que los había nombrado. Siempre me han interesado las piedras místicas, pero eran demasiadas y yo estaba muy nerviosa. Un escueto mensaje en la pantalla del móvil me dio la enhorabuena por pertenecer al grupo Amatista. Si no recordaba mal, lo había dicho el octavo, así que tenía que ser el chico que ocupaba esa posición. De lejos, era guapísimo.

—¿En qué grupo estás? —Alexia fue la primera en preguntarme.

—Amatista, ¿y tú?

—¡No puede ser! —Su grito me sobresaltó e hizo que algunas personas se giraran a mirarnos—. ¡Estamos en el mismo, Leo! —Se la veía ilusionada. Supongo que ya se le habría pasado el disgusto por tener que compartir habitación.

Nos dirigimos hacia el chico que iba a ser nuestro mentor, preparadas para encontrarnos con el resto del grupo. No pude disimular un gesto de rechazo al ver que Harper y Calvin estaban allí hablando con él. Sin embargo, me di cuenta de que la presencia de Calvin acababa de hacerle el curso mucho más interesante a Alexia.

—¡No me creo que nos haya tocado el mismo! —Lucas nos interceptó antes de llegar—. Esto será una completa fantasía.

A su lado, Raúl le seguía y me volví hacia él.

—¿Tú también eres Amatista? —No sabía muy bien qué decirle. Era tan guapo que me ponía nerviosa tenerle cerca.

—Eso parece. No te vas a librar de mí tan fácilmente... —Mientras lo decía me sacó la lengua. Y yo me derretí.

Miré a mi alrededor. Quisiera o no, esa gente ya formaba parte de mi vida y de mis próximos cursos, años de cambio y madurez. La mano de Alexia cogió la mía y me sonrió emocionada. Me alegró que su mal humor se hubiera esfumado, pero solo podía pensar en los dulces ojos de Raúl mirándome de reojo... Hasta que nos acercamos a nuestro mentor.

—Encantado de conoceros. En primer lugar, enhorabuena por ser Amatistas. Y no es porque yo vaya a ser vuestro mentor, pero estáis en el mejor grupo. —Sus dientes blancos, el pelo rubio un tanto despeinado y la piel clara pero morena por el verano le daban un aspecto irresistible. Ese año iba a ser muy difícil centrarse con tanto guapo cerca...—. Antes que nada, me llamo Marcos y estoy aquí para ayudaros, pero como lo vais a averiguar antes o después, ahí va: Sorní es mi segundo apellido, Jimena es mi madre. Sin embargo, no quiero que desconfiéis de mí. De hecho, todo lo contrario, estoy aquí para lo que necesitéis. Y es probable que todo lo que se os pase por la cabeza yo lo hiciera el año pasado.

¿Nuestro mentor era el hijo de la directora? Era un giro de lo más interesante... Y a juzgar por la cara de mis compañeros de grupo, todos pensábamos lo mismo. No teníamos claro si acabábamos de recibir un regalo o una maldición.

Esa noche no conseguí conciliar el sueño hasta bastante tarde. Primero, por la emoción. Acababa de conocer a personas que iban a acompañarme en mi día a día. Y al parecer, encajaba. Segundo, no era capaz de dejar de pensar en la Roca Negra que estaba en el centro de la academia. Solo la había visto de lejos durante el pequeño *tour* que nos hizo Marcos por la escuela. Aquella piedra me obsesionaba, y no dejaba de dar vueltas sobre la almohada.

Así que terminé levantándome de la cama y saliendo de la habitación en pijama. Si alguien me veía el primer día deambulando por los pasillos con esas pintas iba a pasar unos años muy duros, pero la intriga podía más. Bajé las escaleras hasta llegar al recibidor con nervios en el estómago, crucé varios pasillos a oscuras, apenas iluminados por el tenue resplandor verde de las luces de emergencia, y me dirigí al lugar donde se encontraba la piedra. Imaginaba que en cualquier momento saltaría una alarma, todo el mundo saldría de su dormitorio y me pillarían en pijama, pero no ocurrió y continué mi aventura nocturna.

En aquel patio central cabría cualquiera de mis institutos anteriores. Pasé junto a las pistas de pádel, las de tenis y las de bádminton antes de ver de lejos lo que estaba buscando.

Como una especie de fruto enraizado en el suelo, una gran piedra volcánica de color negro salía de la tierra. Si no fuera imposible, me atrevería a decir que parecía estar viva, como una flor o un árbol. Era una de las cosas más curiosas que había visto nunca, y no me extrañaba que la academia se erigiera en torno a ella.

Me situé delante de la piedra y respiré relajada. Cerré los ojos y pensé en todo lo que había cambiado ese día. Se avecinaban unos años de crecimiento y descubrimiento de mí misma. Estaba preparada. Alargué la mano derecha y toqué la roca, noté sus imperfecciones y rugosidades. Sentí que el cuerpo se me llenaba de energía. Si era verdad lo que decían, tenía el éxito asegurado. Y deseaba que fuera así con todas mis fuerzas.

7

El día de la nevada

Tras recibir la llamada, Alicia le comenta la situación a su mujer mientras se pone el uniforme. A Carol no le hace gracia, pero entiende el trabajo de su esposa; es consciente de lo que implica desde que la conoció. Y en parte, admira su dedicación, así que ella y Ainhoa seguirán con el plan del viaje, puesto que ya han pagado el alojamiento, pero a Alicia le toca quedarse para ver qué diablos ha pasado en esa escuela de élite.

Si por lo general tarda veinte minutos en llegar andando desde casa, debido a la nevada le lleva media hora larga recorrer la calle que la separa de la comisaría. Cada vez nieva con más fuerza. Menos mal que está acostumbrada a estos temporales y viste la ropa adecuada. Al cabo de un rato caminando, llega al edificio austero y anodino que acoge la jefatura.

Carlos Pascual, uno de sus mejores agentes, se encuentra en una de las salas de reuniones. Es un lugar en el que se suele respirar un ambiente tranquilo, pero en una mañana como esta, la tensión se palpa en el ambiente. No solo por el delito, sino también por el temporal. Hacía años que no se veía una nevada así.

—Hola, acaban de llamarme de la Comisaría Superior Territorial. ¿Cuál es la situación? —Alicia conoce muy bien al mosso que está delante de ella.

—Pero ¿no se iba de vacaciones? —Carlos suena sorprendido al verla.

—Pues mira, al final he decidido quedarme y pasarme a veros las caras, que os echaba de menos.

—Qué putada que se pierda el puente, jefa.

—No os preocupéis por mí. Peor lo tiene la pobre persona que ha muerto. ¿Qué sabemos?

—Poco, la verdad. Por lo que me han contado, uno de los profesores de la academia Roca Negra ha creído ver un cuerpo al salir a correr esta mañana. Ha tardado unas horas en llamarnos. Al parecer, la institución prefería solucionarlo de otra forma.

—O sea que no querían arriesgarse a que metiéramos las narices en el asunto.

—Básicamente.

—Vale, pues vamos, ¿no?

—Ahí está el problema. Hace unos minutos hemos tenido que cortar las carreteras por la nieve, de modo que, de momento, no tenemos acceso a la academia y ni al cuerpo.

—Vaya, qué conveniente. ¿Qué podemos hacer mientras tanto? —pregunta Alicia, que a la vez piensa si su esposa y su hija también se encontrarán las carreteras cortadas, aunque por suerte ellas iban en dirección contraria a Baqueira.

Le hubiera gustado ir de vacaciones con su familia, necesitaba un descanso, pero este caso... Este caso es diferente. Y no porque el Vall d'Aran sea un lugar tranquilo en el que apenas se producen sucesos de este calibre. La razón por la que se ha quedado es la academia. Durante la llamada, su interés ha ido en aumento al oír ese nombre: Roca Negra.

—Desde la escuela nos han mandado los expedientes de los alumnos por e-mail. Es todo lo que hemos conseguido. Al parecer, como son vacaciones, ahora solo quedan unos pocos, pero mejor investigarlo todo, ¿no cree?

—Sí, aunque habrá que fijarse en los que se han quedado. ¿Sabemos por qué están allí?

—Ni idea. La directora, una tal Jimena Sorní por lo que he leído en internet, es un hueso duro de roer.

—Bueno, nosotros también podemos serlo.

—Pero, comisaria, no estamos acostumbrados a esto. ¿No cree que un caso así nos viene un poco grande?

—No digas tonterías, Pascual. Estamos más que preparados —dice, aunque en el fondo sabe que ese mosso tiene razón al preocuparse.

Otros dos entran en la sala en la que están Carlos y Alicia con un montón de folios recién impresos, un puñado de expedientes de alumnos destinados a ser los líderes del mañana.

Los cuatro policías comienzan a estudiar los perfiles de los estudiantes sin saber qué buscan, pero teniendo en cuenta que están allí por la aparición de un cuerpo y que se temen lo peor.

8

Cuatro meses antes del día de la nevada

Las asignaturas de la academia Roca Negra se impartían en aulas distintas en función del curso. Los estudiantes de primero estábamos en el primer piso. Al parecer, había una especie de jerarquía interna. Los mayores se sentían más guais por estar una planta por encima del resto. Personalmente, me parecía una estupidez. Lo único que me molestaba era que fuera la que estaba más lejos de las habitaciones. Sin embargo, el comedor estaba en la planta baja. No hay mal que por bien no venga.

Era miércoles, así que a primera hora teníamos Historia de la economía. En esta asignatura se sentaban las bases de los grandes éxitos empresariales y repasábamos los avances tecnológicos que habían ayudado a revolucionar este campo a lo largo de los años.

El aula era grande y casi no estaba decorada. Solo había una pizarra electrónica en la que la profesora iba pasando diapositivas y con la que interactuaba de vez en cuando o nos hacía salir a resolver algún ejercicio tipo Kahoot! para que participáramos y estuviéramos atentos. Todas las aulas estaban distribuidas de la misma manera, pero con decoración y materiales distintos en función de nuestras necesidades. De hecho, el modelo de enseñanza se asemejaba más al europeo que al de nuestro país, puesto que teníamos muchas materias de pocos créditos en vez de cuatro o cinco por semestre.

Había cinco filas de mesas con seis sillas a cada lado de la clase, así que siempre sobraba sitio. Normal, el número de admitidos variaba cada año, y preferirían que sobraran sitios antes que quedarse cortos.

En la segunda fila de la izquierda mirando hacia la pizarra nos sentábamos Alexia, yo, Lucas y Raúl, en ese orden. Elegimos ese sitio en Matemáticas aplicadas el primer día, y por no pensar más ya nos quedamos allí en las demás clases. Quizá habíamos sido un poco básicos, pero nos metían suficiente caña como para no tener tiempo de pensar qué sitio coger en cada asignatura.

Ese día la clase de Historia de la economía estaba siendo especialmente aburrida. María, la profesora que habíamos conocido en las pruebas de acceso, daba esa materia y lograba que mantuviéramos la atención. Pero la historia es la historia, y era inevitable que algunos días fueran un muermo. Además, no había dormido bien y me sentía un poco somnolienta, así que tuve que taparme la boca para que no se notara que estaba bostezando.

Lucas me dio un codazo para llamar mi atención y me pilló a medio bostezo, por lo que me sacó de mis pensamientos al instante.

—Tía, me ha bloqueado.

—¿Qué dices? —A esas horas estaba un poco espesa, para qué negarlo.

—El Emperador. Me ha bloqueado. Ha desaparecido. Adiós.

Ufff, el Emperador, la cuarta carta del tarot que representa el control autoritario mediante la inteligencia. Para nosotros solo era un chico que Lucas había conocido por Grindr, al que aún le no había visto la cara y del que se estaba empezando a pillar. Por las fotos que le había mandado —y que nos había enseñado para destacar lo mucho que le ponía un tatuaje tribal algo hortera que llevaba en el pecho— debía ser mayor que nosotros, aunque le había conocido mientras hacíamos las pruebas de acceso. Llevaba desde que llegamos intentando averiguar cuál de nuestros compañeros era, e incluso pensó que podía haber usado fotos falsas porque nadie terminaba de encajar. Pero al parecer habían mantenido suficientes conversaciones como para que quisiera conocerlo. Ese bloqueo le había dolido de verdad.

—¿Qué? ¿En serio? No puede ser, Lucas, lo estarás buscando mal. —Siempre he sido la mejor dando consejos de mierda.

—¿Qué os pasa a vosotros dos que estáis tan nerviosos? —Alexia no tardó en entrar en la conversación.

—El Emperador ha desaparecido. Me ha bloqueado o se ha borrado el perfil.

—Ya te dije que no te encariñaras de él. Obviamente, era un *catfish*, Lucas.

—¿Por qué? ¿Por qué no estoy tan bueno como para que alguien así se fije en mí? —Se notaba que le había dado donde más le dolía: en su orgullo.

—No. Porque en todo el tiempo que lleváis hablando solo te ha dado largas para veros. Y te ha mandado fotos sospechosas. Esto ha sido la crónica de una muerte anunciada.

Alexia siempre era así de directa. No le importaba si te hacía daño: primero disparaba y luego preguntaba. Y, si era necesario, después pedía perdón.

Raúl nos hizo un gesto para que nos diéramos cuenta de que María, la profesora, se estaba mosqueando con nosotros por hablar; debíamos bajar la voz o callarnos. Al hacer contacto visual con él, el chico aprovechó para guiñarme un ojo. ¿Cómo podía ser tan mono? ¿Y cómo podía tener tantas ganas de besarle?

—Estoy hundido, chicas. Después de clase, voy a buscar a alguien para follármelo. —Al parecer, Lucas no se dio por aludido con el gesto de Raúl y siguió a lo suyo.

—Eso es lo que tienes que hacer, menos hablar y más follar. Que somos jóvenes, joder. — Alexia siempre tan diplomática.

—He hablado un par de veces con ese chico —dijo mientras señalaba a un pelirrojo bastante mono que estaba en la primera fila del otro grupo de sillas. Parecía su tipo. Alto, de espalda ancha y, por lo que recordaba (porque ahora solo podía verle la nuca), tenía una sonrisa preciosa.

—¿Y qué tienes pensado? ¿Te vas a levantar en mitad de la clase y le vas a preguntar si os vais a los baños a hacerlo?

—¿Hacerlo? Leonor, querida, ¿qué tienes? ¿Diez años? A follar, se dice a follar. —En ese momento, Raúl se giró hacia nosotros sin poder contener la risa, y yo me puse roja al instante—. Además, voy a ser mucho más directo.

Entonces sacó el móvil del bolsillo y se metió en WhatsApp. No tardó en encontrar la conversación con este chico, que, por lo que pude leer, se llamaba Andrew. Le mandó un mensaje muy escueto: «¿Te apetece comerme esta tarde?». Lo acompañó de una foto que solo podía verse una vez en la que aparecía él desnudo frente al espejo. Por el rápido vistazo que eché a su galería mientras la elegía, debía hacerse una foto en bolas cada día. Ojalá me gustara mi cuerpo tanto como a él el suyo.

Los cuatro nos quedamos mirando a Andrew mientras recibía el mensaje y lo abría. Su cara cambió al instante, pero sin mostrar ninguna vergüenza; solo empezó a buscar a Lucas con los ojos. Cuando dio con él, Alexia, Raúl y yo miramos hacia otro lado avergonzados. Aquello era mejor que una telenovela. Con el rabillo del ojo vi que asentía con una cara bastante obscena.

Después de eso, María nos echó una mirada asesina

para que nos calláramos que surtió el efecto deseado. Al cabo de unos minutos, nos mandó hacer unos ejercicios individuales en silencio mientras ella buscaba algo en uno de los cajones de su mesa. Lucas se tomó esa pausa como una excusa para retomar la conversación.

—Perfecto, ya tengo plan para hoy. ¿Os parece que quedemos en mi habitación después y os cuento qué tal?

Este chico no tenía vergüenza...

—Por mi bien, me apetece reírme un rato. —Alexia tampoco tenía pelos en la lengua.

—Dirás «nuestra habitación» —susurró Raúl a su lado—. Me parece bien, así nos echamos unas risas. Además, tengo un porro a medias al que podemos darle alguna calada.

La droga era algo que me repugnaba bastante, pero dentro de lo malo un porro era un mal menor. Además, a Raúl estaba dispuesta a perdonárselo todo.

—Por mí bien. Después de estudiar, vamos directas a vuestro cuarto.

—Te estaré esperando —dijo sin mirarme.

¿Lo había dicho en singular por alguna razón o había sido cosa de mi cabeza? No lo sabía, pero no pude evitar imaginarnos solos en su habitación y se me erizó la piel.

—Sexo, charla y porro. El día acaba de volverse de lo más divertido.

Como no dejábamos de hablar, María dio un palmotazo en la mesa para llamar nuestra atención.

—Chicos, ¿qué parte de «haced los ejercicios en silencio» no entendéis? Se acabó, poneos cada uno en una punta del aula.

Nada más decirlo, sonó el timbre que marcaba el final de la clase. Salvados por la campana.

9

Después de aquello, Lucas no pudo volver a centrarse en toda la mañana. Se pasó las clases escribiéndose con Andrew, incluso en el comedor. La verdad es que me hizo gracia. Además, nos leía los mensajes subidos de tono, así que tuvimos comida más espectáculo.

A primera hora de la tarde tuvimos Desarrollo de negocios, una de mis asignaturas favoritas. Era introductoria, pero me ayudaba ampliar el espectro de lo que conocía sobre el tema. Además, la impartía un profesor alemán bastante majo llamado Boris. Era capaz de mantenernos atentos a la pizarra.

Habíamos llegado un poco pronto, así que nos apoyamos en las primeras mesas al lado de la puerta para esperar al profesor. Lucas nos estaba leyendo la última burrada que le había mandado Andrew y yo aproveché para estar cerca de Raúl. Oler su colonia me daba paz. Y me ponía un poco cachonda. En definitiva, me encantaba estar cerca de él.

—Oye, ¿quieres que vaya un rato antes a tu habitación? Alexia suele dedicar más tiempo a los estudios...

Raúl me miró divertido, pero cuando estaba a punto de responder, Harper entró en clase y me dio un empujón, lo que me hizo caer encima de él. Tampoco me quejaré, era la primera vez que me abrazaba, pero Alexia no iba a perder la oportunidad de empezar una pelea de egos:

—¿Eres tonta o qué? Pídele perdón ahora mismo.

—Disculpa, no te había visto. La verdad es que los perritos falderos no entran en mi campo de visión. Es una extraña enfermedad. —Por supuesto, lo dijo sin mirarme a la cara, con los ojos fijos en los de Alexia.

—¿Me estás vacilando? Que fueras la reina en tu casa de Wisconsin no te hace importante aquí. De hecho, eres una de las personas más irritantes que he conocido en lo que llevamos de curso. —Cuando Alexia se enfadaba, era mejor alejarse de ella.

—¿Disculpa? ¿Me hablas a mí?

Había bastantes maneras de hacer que Alexia entrara al trapo. Ignorarla, como estaba haciendo Harper, se situaba sin duda en la cima.

—Tú te lo has buscado. —Y en ese momento la empujó contra la pizarra, haciendo que temblara un poco. Pero Harper no se quedó atrás y le devolvió el envite.

—Pero ¿qué hacéis? ¿Queréis parar? No ha sido para tanto.

Amanda intentaba sujetar a Harper y yo me interpuse entre las dos y agarré a Alexia de los hombros. Lucas y Raúl no se atrevieron a intervenir.

—¿Qué está pasando aquí? ¿Creéis que es forma de

comportaros en una escuela como esta? De cabeza al despacho de la directora. Las cuatro.

Nadie se había dado cuenta de que Boris había entrado en clase hasta que fue demasiado tarde.

—¡Pero si no he hecho nada! —se quejó Amanda, y yo pensaba exactamente lo mismo.

—Las cuatro he dicho. Venga, andando, no tengo todo el día.

El despacho de Jimena Sorní tenía una sala de espera con un sofá para que las visitas aguardasen cómodamente. O en este caso, para que los estudiantes que no se portaban bien esperaran su castigo.

Boris nos dejó frente a Jimena y volvió a clase para evitar que el resto de los alumnos hicieran más gamberradas en su ausencia. La directora nos echó una mirada reprobatoria a cada una, aunque la única que parecía estar más o menos afectada era yo.

Amanda fue la primera en entrar y Alexia la siguió, por lo que Harper y yo nos quedamos solas en el recibidor, cada una en un extremo del sofá, sin dirigirnos la palabra. La tensión podía cortarse con un cuchillo, pero no iba a permitir que notara que me intimidaba. Al cabo de unos minutos, a través de la ventana acristalada del despacho de Jimena vi que Alexia se levantaba de su asiento y se acercaba a la puerta.

—Tú, eres la siguiente —dijo con un tono poco agradable mientras señalaba a Harper. Se levantó sin dirigirnos la palabra y entró en el despacho.

—¿Cómo ha ido?

—Es dura. Pero no te preocupes, esta vez solo es un aviso. Pero me jode tanto que sea por la gilipollas de Harper... ¿Estás bien?

—Sí, no te preocupes, no he llegado a caerme. Además, Raúl me ha sujetado.

—Y por tu cara, creo que hasta deberías darle las gracias a esa idiota... —Soltó una risilla antes de acercarse a la puerta—. Te espero fuera, ¿vale?

Asentí con la cabeza. No me gustaba mostrar mis sentimientos y me avergonzó que se hubiera dado cuenta. ¿Raúl también se habría percatado? Esperaba que no.

Jimena me sacó de mis pensamientos al salir como alma que lleva el diablo del despacho al tiempo que contestaba una llamada. Cuando Harper se quedó sola, miró alrededor y se levantó para acercarse a la puerta. A continuación, se dirigió hacia el gran archivador que estaba detrás de la silla de la directora. Mientras lo sacaba, vi lo que ponía en el lomo. ¡Estaba cogiendo nuestros expedientes! Empezó a pasar páginas con rapidez; estaba claro a dónde quería llegar. Se detuvo en una página y empezó a leer. Su cara reflejaba que había encontrado lo que andaba buscando, o al menos algo jugoso. Sacó el móvil para tomar unas fotos y devolvió el archivador a su lugar con el tiempo justo para volver a sentarse y que Jimena, al entrar en el despacho, no se diera cuenta de lo que había sucedido. No pasaron muchos minutos hasta que Harper se levantó y salió.

—Te toca —dijo como si nada hubiera pasado ahí dentro.

—Harper, te he visto. ¿Se puede saber a qué le has hecho fotos?

—No sé de qué me hablas.

—No te hagas la tonta. Has sacado un documento y lo has fotografiado. Dime qué has hecho o se lo cuento a Jimena.

—Es tu palabra contra la mía, Leonor. Pero quiero decirte algo. Ten cuidado con tu amiguita Alexia. Al parecer, esconde más de lo que parece.

10

Jimena Sorní era una mujer de hierro. Como tal, no temía ponerte de patitas en la calle si te convertías en una molestia. La conversación que mantuve con ella fue corta pero intensa. Me dejó claro que, con un chasquido, podía mandarme de vuelta a casa con mis padres y morirme del asco. Acabaría con mi mundo de Oz en un instante, pero en lugar de dar tres golpes con los tacones de los zapatos, solo haría una llamada.

No le tembló el pulso al ponerme ejemplos con nombre y apellidos de antiguos alumnos que, «por un comportamiento inaceptable» —palabras textuales—, habían vuelto a casa en menos de un día.

Pero también es verdad que todo quedó en un aviso. No quedaría anotado en nuestros expedientes siempre y cuando no volviéramos a pasar por allí. Y yo no tenía ninguna gana de volver.

—Leonor, eres una buena chica, por eso me sorprende tanto verte aquí y estoy siendo más dura contigo. Las compañías equivocadas te llevarán por el mal camino.

—No te preocupes, Jimena, no volverá a suceder, te lo prometo. —No me gustó que hablara mal de Alexia, pero preferí pasar de su comentario.

—Espero que así sea. No me gustaría tener que llamar a tus padres. —Eso me aterrorizó. Con lo que me había costado conseguir esa plaza, no podía perderla—. Puedes irte. No llegues tarde a la próxima clase.

Me levanté muy despacio, como mareada. Nunca me había gustado que me echaran la bronca. De hecho, jamás había estado en el despacho de uno de mis directores. Fue una experiencia que esperaba no tener que repetir. No quería que Jimena volviera a mirarme como lo había hecho. Sí, claro que deseaba escapar de mis padres y tener más libertad, pero no a costa de convertirme en una *bully*. En parte, estaba escapando de eso.

Salí del despacho con la cabeza a mil y sintiéndome bastante mal por la situación. Encima, yo no había hecho nada. Solo me había encontrado en medio de una pelea que no había empezado yo. Me había metido para separar a mi amiga, que estaba defendiéndome... Sumida en mis pensamientos, no vi a quien se me acercaba y me lo comí de lleno.

—Dios mío, perdón. No sé en qué estaba pensando.

—No te preocupes, Leo. Por suerte, no llevaba un café caliente encima. —La sonrisa de Marcos siempre me calmaba—. ¿Y tú por qué sales del despacho de mi madre? ¿Detrás de esa cara de niña buena se esconde una guerrera?

Me provocó una carcajada.

—Qué va, ojalá. Soy más payasa, al parecer.

—¿Y eso? Anda, cuéntame. Aún queda un rato para la próxima clase.

Suspiré y le resumí la situación:

—Harper me ha empujado al entrar en clase, y ya sabes cómo es Alexia, no necesita muchos motivos para buscar gresca con ella.

—Bueno, a lo mejor ha sido sin querer.

—No, ha sido queriendo. Al principio Alexia solo ha intentado que se disculpara. Pero, bueno, se han acabado enzarzando y he intentado separarlas, pero al final me han metido en el mismo saco.

—Vaya, pobrecita... —Al decirlo, volvió a sonreír, y yo me derretí de nuevo—. ¿Ha sido muy dura mi madre? ¿Por eso pareces tan desanimada?

—Bueno, un poquito, la verdad. Entiendo que hace su trabajo, pero me fastidia haber acabado en su despacho a estas alturas del curso. Me gustaría que me conociera por mis logros, no por broncas entre otras personas.

—No te dejes llevar por sus palabras. Como has dicho, está haciendo su trabajo, pero os tiene mucho aprecio. Si no, no estaríais aquí. Al final, la última palabra en las admisiones la tiene ella.

—Ya me imagino. Pero, bueno, la situación me ha dejado un poco triste, nada más.

En ese momento, Marcos se acercó y me abrazó para reconfortarme. Era un poco más alto que yo, de modo que mi cabeza quedaba en su cuello. Desprendía un aroma que activaba todas mis alarmas a la vez. No había visto venir este abrazo, pero me encantó.

—De verdad, no te preocupes. Con tal de que no volváis a liarla y acabéis aquí de nuevo, se le olvidará. Ella es así.

—Bueno, te haré caso... —Agaché la cabeza al decir esas palabras, porque noté que me estaba sonrojando por segundos. Aproveché para poner rumbo al pasillo, donde me esperaba Alexia.

—Por cierto, Leo... —dijo antes de que me fuera—, me pareces una chica estupenda, y creo que tenemos muy buen rollo en las mentorías. He pensado que si alguna vez quieres quedar conmigo a solas, que tomemos algo o veamos una peli, me encantará.

Y con esas palabras me dejó helada. No pude ni abrir la puerta, pero por suerte alguien lo hizo por mí.

—Tía, ¿por qué has tardado tanto? ¿Te ha echado mucho la bronca? —A juzgar por la cara de Alexia al verme, confirmé que me había sonrojado—. ¿Qué hacéis los dos aquí? —continuó preguntando con una risilla, aunque algo me decía que había visto perfectamente cómo Marcos entraba mientras me esperaba fuera y su alma de cotilla no le había permitido quedarse fuera de la ecuación.

—Nada, nos hemos encontrado por casualidad —respondí para quitar hierro al asunto—. Vamos, que tenemos que pasar por la habitación para ponernos el chándal.

—Adiós, chicas. Disfrutad de la clase de Deporte. Aún no entiendo por qué la llaman así, si es Educación física de toda la vida.

—Suena mejor. Tiene más glamour —contestó Alexia.

—Adiós, Marcos, nos vemos en la próxima reunión —me despedí. Después de eso, con Alexia nos dirigimos al cuarto, pero antes hice acopio de la fuerza necesaria para darme la vuelta una vez más—. Por cierto, me encantaría que quedáramos alguna vez. Ya tienes mi móvil. Escríbeme cuando quieras.

11

Alexia no necesitó que le explicara lo que acababa de pasar para entender la situación, pero prefirió seguir en silencio hasta que llegamos a nuestro cuarto. Solo me echaba alguna que otra mirada de reojo y se reía.

—Así que Marcos, ¿eh? Pensaba que te gustaba Raúl.

—Y también me gusta. ¿Algún problema? —Decidí no darle importancia y seguir con el vacile.

—Ninguno, ninguno. Es lo que necesitas, Leo, conocer a un chico guapo y hartarte a follar. Porque ya lo has hecho, ¿verdad? No me digas que eres virgen...

—Que no me guste hablar de ello no significa que sea virgen, sino que tengo clase. —Y tras ese comentario le hice un gesto para que se diera cuenta de que le estaba vacilando.

Esos días compartiendo habitación con Alexia me habían enseñado que, por muy segura de sí misma que se viera, tenía un punto vulnerable. Era curioso, solía quedarse embobada y tardar más en salir... Nunca lo hacíamos juntas.

Yo soy bastante huracán: me cambio muy deprisa mientras me muevo por la habitación. Eso nos convertía en una pareja curiosa.

Ese día Alexia estaba tardando más de lo normal, y dado que acabábamos de salir del despacho de la directora, no quería que nos volvieran a reñir.

—Alexia, acelera, que vamos a llegar tarde.

—Leo, si tienes prisa ve yendo, no me importa. —Su respuesta de siempre.

—Pero ¿cómo puedes ser tan lenta? ¿Quieres que te coja la mochila o algo? —Solo quería ayudarla.

—Leo, no seas pesada. Vete y nos vemos allí. —Por su tono deduje que empezaba a mosquearse, pero no entendí el motivo.

—Que no, que te espero. No hay problema. Aún quedan unos minutos para que empiece la clase.

—Si no quieres, no tienes que esperarme. Además, hemos venido tarde porque te has liado a hablar con Marcos. Ya podríamos estar en clase.

—¿Perdona? ¿Y por qué hemos ido al despacho de Jimena, porque me ha apetecido?

—Porque no tienes ni idea de defenderte y siempre tengo que estar detrás de ti para que respeten.

—¡Alucino! Pero si te he dicho que no hacía falta, que era una tontería... ¿Me vas a decir que no te has encarado con Harper por una lucha de egos?

—Esa imbécil me da igual. Al fin y al cabo, ha sido por tu culpa. Eres torpe y cobarde.

No podía creer lo que estaba oyendo, era como hablar con el doctor Jekyll y el señor Hyde.

—Tía, te estás pasando. Sabes que no ha sido así.

—Leo, que te pires. Eres pesadísima. Te veo allí.

No entendí de dónde había sacado esa agresividad, pero le hice caso. Cogí mis cosas y salí por la puerta más enfadada de lo que esperaba.

Dejé la habitación sintiéndome mareada, en piloto automático. Nunca me han gustado las confrontaciones y mucho menos con mis amigas. Había vivido situaciones parecidas en el pasado y siempre habían acabado de la misma manera, de modo que no me apetecía haberme trasladado a novecientos kilómetros para que siguieran repitiéndose los patrones del pasado.

El pasillo estaba totalmente vacío. Aquello me indicó que no iba tan bien de tiempo como pensaba, así que decidí apretar el paso. Con el chándal iba más cómoda para correr. Nunca pensé que llevaría uniforme. Además, cada día me gustaba más el logo. Seguro que había gente que hasta se lo tatuaba al salir de allí. Yo a tanto no llegaba. Al menos en ese momento.

El gimnasio estaba en la planta baja, en el patio central de la academia, tras pasar la Roca Negra. Cada vez que la veía, ni que fuera de lejos, sentía un escalofrío recorriéndome el cuerpo. Era preciosa.

Me alucinaba que, dado el tamaño de la institución, aún no me hubiera perdido, pero sabía que no tardaría mucho en ocurrir. La orientación no era uno de mis puntos fuertes. Vi de lejos que mi clase entraba en el gimnasio, y aceleré para no llegar tarde y unirme a la fila sin llamar la atención.

—Tía, ¿qué tal ha ido? ¿Qué os han dicho? —La cara de Lucas denotaba preocupación.

—Solo ha sido un aviso. A la próxima lo incluye en el expediente. Pero vamos, solo quería meternos un poco de miedo, creo yo.

—¿Y Alexia?

—La he dejado en la habitación. Ya vendrá cuando quiera.

—¿Y ese tono? ¿Habéis discutido?

—Qué va. Es que es muy lenta y yo no quería llegar tarde. —Supe que se había dado cuenta de que le mentía, pero me daba igual. No quería hablar de Alexia.

Juls entró en el gimnasio. Era bastante evidente que Lucas suspiraba al verle. La verdad es que estaba buenísimo. Por lo que nos contó, nació en Nantes y fue boxeador, pero una lesión le obligó a retirarse. Llevaba cinco años en el mundo de la enseñanza, desde que se sacó INEF. Era bastante majo, pero me jugaría el cuello a que la mitad de las personas que estábamos allí solo le veían como un trozo de carne. Además, su acento lo hacía aún más irresistible.

—Leonor, tengo un problema —me dijo Lucas.

Nos habíamos puesto por parejas para practicar unos ejercicios de defensa personal que nos había estado explicando la clase anterior.

—¿Ha pasado algo con Andrew?

—Qué va. Hemos quedado esta tarde.

—¿Y entonces? Llevas todo el día hablando con él. ¿Qué problema tienes?

—Creo que estoy colgado de Juls.

Ese comentario me pilló de improvisto y me desarmó, por lo que el siguiente movimiento de Lucas me tiró al suelo ante la atónita mirada de todo el mundo. Pude intuir alguna risa, sobre todo de Calvin. Cada día le soportaba menos.

—Dios mío, Leo, ¿estás bien? Perdóname, no ha sido aposta.

—No te preocupes, Lucas, lo sé —dije, mientras me levantaba. Me había dado un golpe en la espalda un poco fuerte, pero estaba bien.

—Si atendierais a lo que hay que estar, no pasaría esto. Menos hablar y más atender a la clase. A la próxima, os separo. —Todo lo que Juls tenía de guapo y majo también lo tenía de serio en clase.

—Ten cuidado, princesa, no vayas a romperte una uña —dijo Calvin, el ingenioso de turno.

—Calvin, eso es algo que diría mi padre. ¿No tienes nada mejor? —Todo el mundo se rio a sus espaldas por su forma tan antigua de hablar, como si no se hubiera relacionado con gente de su edad hasta ese momento. Sabía que ese ataque iba directo al corazón. Y se calló.

—Leo, vamos a volver al tema. ¡Me gusta Juls!

—Sí, ya te he oído la primera vez… —No pude esconder mi sonrisa—. A ver. Lucas, no te lo tomes mal, pero tienes un *crush* con todo el mundo.

—Que no, te prometo que esto es distinto. Me gusta muchísimo y me cuesta concentrarme cuando está cerca. No puedo parar de pensar en él. En su cuerpo, en su cara, en las ganas que tengo de besarle y de follármelo y...

—¡Lucas! Baja el volumen, que van a oírnos.

—Leo, todo el mundo folla. Deja de tenerle tanto miedo a esa palabra.

—Que no me refiero a eso, pero no creo que te haga gracia que toda la clase sepa que quieres tirarte a...

—¡Se acabó! Lucas, Leonor, separaos. Lucas, empárejate con Adam. Leonor, tú con Calvin.

De todas las personas que estábamos en clase, ¿tenía que emparejarme con él? Calvin. Qué suerte. Miré alrededor y me di cuenta de que Alexia no había llegado a clase. Por eso seguíamos siendo pares y nadie se había quedado solo.

—¿Preparada para morder el polvo, princesa?

—Solo estamos haciendo ejercicios de defensa, no de ataque, recuérdalo. —Mientras hablaba, Calvin intentó derribarme, pero conseguí esquivar su golpe. Estaba buscando una confrontación—. ¿Me puedes explicar qué te he hecho para que me odies?

—No me gustan las pijas estiradas como tú.

Volvió a intentar derribarme, pero ya estaba cansada de aparentar que no entendía lo que estábamos haciendo. Mi padre me había enseñado defensa personal a los diez años, así que esos movimientos eran un juego para mí. Con un simple giro de brazo conseguí zafarme de su agarre.

—No tienes ni idea de quién soy. No me conoces.

—He conocido a muchas como tú. Y no las soporto.

Y ahí rebosó el vaso. Volvió a lanzarse para intentar derribarme, pero en ese momento ya no quería esquivarle. Acepté el golpe como me habían enseñado hacía mucho tiempo. Usé su peso en su contra. No vio venir cómo lo levanté en el aire, y mucho menos el golpe de espalda contra el suelo, que lo dejó sin aliento. La clase se congeló y todas las miradas se dirigieron a nosotros. Bueno, a mí. Vi a lo lejos que Juls se nos acercaba, así que aproveché mis últimos segundos.

—Te lo he dicho, no tienes ni puta idea de quién soy. Ten mucho cuidado a partir de ahora.

12

Alexia no estaba en la habitación cuando fui a ducharme. La escena que había montado con Calvin me había llenado de adrenalina, pero también me había puesto en el punto de mira. Y en la academia Roca Negra estar en el punto de mira nunca era bueno. Como todos los demás, yo también tenía secretos que esperaba que siguieran ocultos un tiempo más.

Ninguno de nosotros éramos transparentes, de eso ya me había dado cuenta. De hecho, las actitudes raras que había ido viendo en mis compañeros hacían que no me preocupara de mis secretos.

La ducha me ayudó a liberar las malas energías que había ido cargando durante el día. Al no estar Alexia, pude poner una de mis listas de reproducción más alta de lo normal y cantar alguna de las canciones. Me tomé tiempo para pensar en lo que había pasado. Ni siquiera había acabado el día y ya había tenido una «casi» pelea, una visita al despacho de la directora, una petición de cita y había machacado al chulo de la clase. Además, aún quedaba que Lucas nos contara cómo le había ido con Andrew. Y con un poco de suerte podría hablar un rato con Raúl.

Salí de la ducha tranquila y renovada, y volví a ponerme el uniforme. Me quedaba bien y era bastante mono. No podía pedir más.

No nos habían encargado muchos deberes para el día siguiente, pero me gustaba repasar lo que habíamos visto en clase. Además, había faltado a mi clase favorita, por lo que aproveché la soledad para ponerme al día. Supuse que habrían ido al mismo ritmo que el resto de los días, así que habrían avanzado un tema en mi ausencia. Eché un vistazo al montón de folios. A juzgar por la parte que aún quedaba por explicar, no podían ser más de cuatro o cinco temas. Al revisarlo me di cuenta de que llevaba razón, lo que significaba que la semana siguiente, o como mucho en dos, tendríamos examen. Tocaba ponerse las pilas.

El tema que habían visto durante nuestra visita a Jimena no era especialmente difícil, y por suerte todo teoría, por lo que no me llevó mucho tiempo. A las demás asignaturas no había faltado, por lo que tenía subrayado aquello en lo que el docente hacía hincapié al explicar, de modo que no tardé en repasarlas. Los esquemas siempre se me habían dado bien, y gracias a mi talento terminé pronto.

Alexia entró por la puerta cuando me faltaba repasar Historia de la economía. Nada más cruzar la puerta, noté el cambio de energía en la habitación, además de percatarme de que seguía mosqueada. Lo que no llegaba a entender era el porqué.

—¿Dónde estabas? Te has perdido mi llave de yudo a Calvin.

—Ah, qué guay —fue única respuesta que obtuve.

—Sí, ha sido bastante guay ver su cara, la verdad. —No estaba dispuesta a dejar que me afectase su actitud de mierda—. ¿Quieres que te espere antes de ir a la habitación de estos? Me queda poco para rematar.

—No voy a ir. He estado en la biblioteca y he terminado antes que tú. Me voy a dar una vuelta —dijo mientras dejaba la mochila y se volvía de nuevo hacia a la puerta.

—¿Qué? Pero ¿a dónde vas? —Su respuesta fue un portazo—. Muchas gracias por contestar.

Estaban empezando a mosquearme las salidas de tono de Alexia, pero los buenos momentos aún opacaban los malos. Al menos por ahora. Podía seguir ignorándome un tiempo más hasta valorar si me compensaba que estuviera en mi vida.

Alexia había dejado una energía muy rara en el cuarto, por lo que aceleré para quitarme de encima el repaso lo antes posible. Un cuarto de hora después estaba libre, así que salí para ir a la habitación de Lucas y Raúl. A mitad de camino caí en la cuenta de algo importante. Íbamos a estar solos. Al menos hasta que llegara Lucas, que teniendo en cuenta lo que estaba haciendo, no tenía ni idea de cuánto iba a tardar.

Me quedé unos segundos delante de la puerta, planteándome si llamar o no. No sabía si a Raúl le apetecía estar a solas conmigo o si iba a cortarle el rollo. Y encima me pondría nerviosa estar cerca de él. Pero ya no podía dar marcha atrás, así que llamé con los nudillos.

Me abrió con una sonrisa en los ojos ligeramente enrojecidos, por lo que entendí que había fumado. El olor de la habitación a pesar de la ventana abierta me lo confirmó. Me dio un abrazo de bienvenida algo torpe que hizo que me tensara un poco, pero lo disfruté.

No tardó en ofrecerme una calada, pero me demoré unos segundos en responder. No quería, pero no podía rechazarla. Me ayudaría a soltarme y a entrar en su *mood*, así que lo cogí y se la di. Me estaba saltando las normas de la academia, pero los profesores no solían pasar por nuestros pasillos a esas horas. Con un poco de suerte, no pasaría nada.

—No es la primera vez que fumas, ¿verdad?

—¿Por qué lo dices? ¿Tan mal lo he hecho?

—No, al contrario, no has tosido ni nada. Y lo he cargado bastante. Es casi todo verde.

—Me parece que aquí todos guardamos algún que otro as en la manga. Al menos por ahora.

Mereció la pena el farol que me acababa de marcar por ver la expresión de asombro en su bonita cara. Por supuesto que no era el primer porro que me fumaba, pero tampoco quería darle detalles al respecto. Tras unas caladas más, aproveché el silencio para explicarle que Alexia no iba a venir, por lo que íbamos a estar solos hasta que llegara Lucas. Por su expresión no llegué a saber si le gustó la información o le había incomodado. ¿Ya estaba fumada? Era posible, así que decidí no prestar atención a mis rayadas y me obligué a disfrutar del momento.

—¿Te apetece que ponga una peli? Estaba viendo un capítulo de *The Office* cuando has entrado, pero no sé si te gusta...

No solo me gustaba, era de mis series favoritas.

Raúl no dejaba de ganar puntos. ¿Era el chico perfecto? Perfecto para mí al menos. Sé que la perfección como concepto no existe, pero yo qué sé, estaba fumada y sentía una conexión enorme con él. Bueno, creo que ambos la sentíamos.

Tanto por los efectos secundarios del porro como por lo cerca que tenía a Raúl, no era capaz de prestar atención al capítulo. Nos habíamos sentado en su cama, uno al lado del otro, y él había colocado el ordenador delante de nosotros. Sobre sus piernas. ¡Nuestras piernas estaban rozándose! Sentada contra la pared, estaba un poco incómoda, y se dio cuenta la tercera vez que me moví lo más sutil que pude.

—Oye, ¿estás cómoda? Podemos ponernos de otra forma.

—No, no, estoy perfectamente, no te preocupes.

—Mira, vamos a hacer una cosa. Apóyate aquí —dijo antes de pasar el brazo por detrás de mí y hacer que me recostara en él.

No daba crédito a la situación. Cada vez estaba más

tensa. Notaba su respiración, su pecho subía y bajaba, y una parte de mí solo quería lanzar el portátil al suelo y tumbarle debajo de mí. Llevaba la sudadera roja de la academia impregnada de su olor, y cada vez que respiraba, la esencia de Raúl llenaba mis pulmones. No sabía qué hacer con las manos. No era capaz de moverme por miedo a que cambiáramos de posición.

Aproveché un momento de risas para mover el brazo y apoyarlo sobre su abdomen. Puedo jurar que mi corazón se saltó un latido. Sin embargo, él no hizo nada, y eso podía significar que le había gustado o que estaba tan colocado que no sabía qué estaba pasando. ¿Iba yo también así de fumada?

Notaba su abdomen subiendo y bajando con suavidad. Estaba caliente al tacto y era agradable. Ojalá me hubiera atrevido a meter la mano por debajo de la sudadera, pero era imposible. Necesitaba hacer algo: el capítulo iba a acabar, nos íbamos a mover y no sabría cómo vivir después de haber estado en esa situación con él. Volví la cabeza para mirarlo mientras se reía y me miró a los ojos. El tiempo se detuvo. Puedo prometer que así fue. Estuvimos un par de segundos así. Quería que se lanzara. Si iba a ser yo, necesitaba mentalizarme y estar segura.

De pronto, algo comenzó a vibrar debajo de nosotros y acabó con mi fantasía. Raúl empezó a buscar el móvil y, al ver el número en la pantalla, cambió de golpe. Apartó el ordenador y se levantó.

—Tengo que irme, Leo, perdóname. Puedes esperar a

Lucas, si quieres. Termina el capítulo, es uno de mis favoritos.

—Pero ¿vas a dejarme sola? —Mientras lo decía, él ya estaba abriendo la puerta.

¿Por qué todo el mundo me dejaba con la palabra en la boca? Al levantarme de la cama para seguirle, un golpe seco me indicó que, al tiempo que Raúl salía, alguien entraba.

13

—¿Se puede saber a dónde vas con tantas prisas? —Lucas entró al tiempo que yo me dirigía al recibidor.

—Tengo que salir, perdón. Ve contándole a Leonor qué tal ha ido, que ahora vuelvo.

Lucas miró hacia mí y le saludé tímidamente con la mano. Raúl salió de la habitación con rapidez.

—Qué raro está este... ¿Qué le pasa?

—Ni idea. Estaba bien hace un minuto, pero ha recibido una llamada y se ha puesto rarísimo.

—Espera. ¡Habéis follado!

—¿Qué dices? ¡Claro que no! —Mis mejillas empezaron a encenderse.

—Entonces ¿a qué viene esa cara?

—Puede que le haya dado alguna que otra calada al porro de Raúl.

—¡Pero, bueno, Leonor se nos desmelena!

Puse los ojos en blanco y me senté de nuevo en la cama.

—Qué idiota eres. Anda, calla. Ven y cuéntamelo todo. ¿Cómo es Andrew? ¿Te ha gustado?

—La verdad es que hemos pasado un rato alucinante. Folla increíble y es guapísimo. Gana mucho cuando le quitas la camiseta... Jamás pensé que fuera a tener ese cuerpo... —dijo mientras se sentaba en su cama. Seguía con el chándal, pero parecía más sudado que en clase.

—¿Ah, sí? Qué contento te veo. ¿Se te ha pasado lo que hemos hablado antes en clase?

—¿El qué?

—Ya veo que no era tan importante... —Acompañé mis palabras con una carcajada.

—Es que puede que yo también me haya fumado un porro con Andrew... —dijo al tiempo que me sacaba la lengua—. ¿Te refieres a Juls?

—Exacto.

—Pues por desgracia ahí sigue. No soy capaz de quitármelo de la cabeza. Me gusta muchísimo. Necesito tenerlo cerca de mí, como a Andrew.

—Exageras un poco, Lucas. ¿Quién no se ha pillado por un profesor alguna vez? Obviamente, Juls está buenísimo, no te lo niego. De hecho, no creo que seas el único de clase que se sienta así. Pero, vamos, está fuera de nuestra liga.

—Creo que juega en mi equipo y que está más interesado de lo que parece. No me preguntes por qué, pero recibo una vibración rara por su parte.

—Pienso que estás tan obsesionado con tenerle entre las piernas que ves de más.

—Pues sí, me apetece mucho follármelo, pero eso no

quita que tenga razón. Te juro que noto algo. No sé qué pasa, pero creo que le gusto.

—Madre mía, Lucas... —No pude evitar reírme.

Tras ese comentario puso una mueca fingiendo enfado, pero no pudo mantenerla mucho rato debido a la fumada que llevaba. Por sus ojos, me habría jugado el cuello a que había hecho algo más que darle unas caladas. Y tampoco descartaba que estuviera ocultando algo más.

—Anda, tonta, ven aquí y vemos una peli —me dijo mientras daba golpecitos a su lado en la cama para que me sentara.

—¿Lo dices en serio?

No entendió mi pregunta.

—Hombre, puedo contarte con pelos y señales todo lo que he hecho con Andrew, pero supongo que no es lo que quieres. Y no creo que Raúl vuelva hasta dentro de bastante rato.

—No me refiero a eso... —Me miró, pero no entendió qué quería decir—. Lucas, ¿no piensas ducharte? —le pregunté riendo.

—¿Qué pasa, te doy asco? —Puso cara de pena siguiéndome el juego y se levantó de la cama.

—A ver, no hace falta ser muy inteligente para ver que has ido directo después de clase, con el chándal y todo. Y por los mensajes que os habéis estado mandando todo el día, tienes que tener más saliva por el cuerpo que sudor.

Soltó una carcajada sonora mientras se acercaba a mí.

—En algo tienes razón, no me he duchado después de clase. Pero, vamos, que saliva no ha sido lo único que he tenido por mi cuerpo. ¿Quieres que te diga en qué parte se ha...? —me preguntó, y le corté poniéndome las manos en los oídos y alejándome de él mientras me reía.

—Lucas, no seas cerdo y vete a la ducha.

Empezó a perseguirme por la habitación, con la torpeza de alguien que estaba claramente fumado. Le costaba seguirme el ritmo, ya que a mí casi se me había pasado el efecto de las caladas, pero continuaba un poco torpe, lo suficiente para tropezar con una de las deportivas de Raúl, caerme en su escritorio y tirar al suelo un cuaderno que solía llevar con él, del que salieron un par de papeles.

—¡Leonor! Eres supertorpe. ¿Estás bien?

Lucas me ayudó a levantarme mientras seguíamos riéndonos. Al reparar en el cuaderno me sentí mal; era privado. Metí los papeles dentro y me dispuse a dejarlo en su sitio, pero algo me llamó la atención.

—¿Qué es eso?

Por su pregunta supuse que Lucas tampoco había visto el contenido de ese cuaderno. Tenía en mis manos la foto de una chica guapísima. Un pelo largo y cobrizo enmarcaba unos ojos verdes que brillaban con fuerza. No se parecía a Raúl, por lo que, si guardaba esa fotografía en el cuaderno que llevaba a todas partes, debía de ser su novia. Eso explicaría lo raro que se había puesto al recibir la llamada. ¿Le había telefoneado ella y se había rayado al estar tan cerca de mí?

Llevábamos un tiempo tonteando. ¿Me lo había inventado yo? Me negaba a creer que hubiera sido obra de mi prodigiosa imaginación. Aun así, el nudo de mi estómago no hizo más que crecer, y no era capaz de apartar los ojos de los de la chica de la foto. ¿Quién coño era?

—¿Qué haces con mis cosas? —Estaba tan absorta en mis pensamientos que no oí que Raúl entraba en la habitación.

—Perdón. Estábamos haciendo el tonto y... —dijo Lucas intentando quitar hierro al asunto.

—Y he tropezado con tu escritorio... —No quería que nadie siguiera dando la cara por mí, sabía defenderme—. Es muy guapa. ¿Es tu novia?

—No vuelvas a tocas mis cosas, Leonor, te lo advierto —me dijo mientras me arrancaba la foto de las manos y se llevaba el cuaderno. Salió de la habitación tal como llegó, con rapidez y un aura de angustia.

14

Al volver a mi cuarto, Alexia parecía bastante normal. No quiso decirme dónde había estado, pero tampoco me hizo ningún comentario fuera de tono.

Durante la cena, Lucas la puso al día de lo que había pasado con Andrew y ella estuvo encantadora, como siempre. Sabía que escondía algo, pero preferí pasar del tema. Si era importante, volvería a salir. Eso sí, vi algún que otro intercambio de miradas entre ella y Calvin que me hizo sospechar por dónde iban los tiros.

Raúl no apareció en el comedor, pero por lo que hablé con Lucas tampoco había pasado por su habitación compartida. Le mandé un mensaje para ver si estaba enfadado, pero me dejó en visto. La preocupación por Raúl y Alexia me tuvo dando vueltas en la cama hasta pasada la medianoche: me quedé en vela mirando cómo se colaba la luz de la luna por la ventana.

Un sonido bastante desagradable me despertó al poco de conciliar el sueño. Al intentar ver de qué se trataba, noté que alguien me ponía algo en la cabeza y me obligaba a salir de la cama.

—Ni se os ocurra gritar o decir nada. Solo empeoraréis las cosas.

Intenté soltarme, pero había al menos dos personas sujetándome. A través de un saco de arpillera translúcido —como descubrí más tarde— pude ver que a Alexia le hacían lo mismo que a mí. ¿Cómo era posible que alguien hubiera entrado a esas horas de la noche en la academia Roca Negra e intentara secuestrarnos? Forcejeé hasta que me agarraron más fuerte de los brazos y me inmovilizaron. Con la ansiedad por las nubes, empecé a sudar asustada. Siempre me había dado pánico que me secuestrasen, desde pequeñita. Y en ese momento reviví ese terror en mis carnes.

Aún no conocía la academia al dedillo, pero pude identificar los pasillos que cogíamos en dirección a las escaleras. Estaban llenos de chicos y chicas como yo, a los que arrastraban escaleras abajo, pero nadie parecía resistirse, de modo que entendí que todo era, una vez más, parte del macabro juego que era esa academia. Una vez en la planta baja, se dirigieron a uno de los laterales de las escaleras, donde parecía que no hubiera nada, pero uno de ellos lo abrió empujando con suavidad en un punto exacto. Tras ese movimiento aparecieron unas escaleras descendentes. ¿Aquel lugar era aún más grande?

Una vez abajo, hicieron que me sentara en el suelo, rodeada de mis compañeros, todos con la cabeza cubierta.

—Alumnos de primero de la academia Roca Negra del año 2023. ¡Os damos la bienvenida oficial a vuestras novatadas! Ya podéis quitaros los sacos.

Poco a poco, todos fuimos descubriendo nuestras caras. Entre la multitud pude reconocer a Lucas y Alexia, pero estaban lejos de mí. Al menos estaban sentados juntos. A pesar de eso, no vi que hablasen. Delante de nosotros estaban los alumnos de segundo en dos filas: en la primera los nueve mentores y detrás, el resto.

—Os presentamos uno de nuestros lugares favoritos. Lo llamamos «la Gruta», y lo que pasa aquí, aquí se queda. La academia descubrió hace años por las malas que, si no nos dejaban hacer nuestras fiestas de vez en cuando, dada nuestra edad, les buscaríamos las vueltas para celebrarlas. Así que decidieron construir un gran local bajo la academia e intentaron llegar a un trato con los alumnos. Al final es verdad lo que dicen, todo queda en casa —dijo una de las mentoras—. El pacto al que se llegó fue que aquí solo accederían estudiantes y que confiarían en su sentido de la responsabilidad. No tienen ni idea de lo que se cuece de escaleras hacia abajo, ni les interesa saberlo, por mantener el prestigio y la convivencia de la academia. Pero ya os adelanto que las noches que vengáis no estaréis entre apuntes.

—Por lo que a ellos respecta, esto no existe. Ojos que no ven, corazón que no siente. Y siempre que sepamos mantener las formas, no meterán las narices en nuestros asuntos. Pero os pedimos cabeza y responsabilidad. Ya sois adultos y os vamos a tratar como a tales. Queremos que os quede claro que todo lo que pasa aquí es a espaldas de la academia. De la Gruta solo se habla en la Gruta. Grabáoslo en la cabeza. —Marcos recogió el relevo del discurso—. Para seguir con las novatadas, acercaos a vuestro mentor.

Marcos iba guapísimo y contrastaba sobremanera con nosotros, todos en pijama y con cara de dormidos. Pero eso duró poco. Nos explicó que íbamos a hacer una serie de juegos para romper el hielo. Tuvimos que formar parejas. Como siempre, Alexia me cogió de la mano y Harper eligió a Calvin, dejando a Lucas y a Raúl juntos. Me jugaba el cuello a que a Harper también le gustaba Calvin, pero a juzgar por la cara de él, no sentían lo mismo. Además, sabía que Calvin y Alexia se traían un buen tonteo desde hacía un tiempo. No me quería ni imaginar cómo iba a ser ese choque de planetas.

—Perfecto. Ahora que sabemos qué pareja os gustaría tener, vamos a mezclaros. Al final, esto va de integrarse y de hacer nuevos amigos.

Mi peor pesadilla se convirtió en realidad cuando nuestro mentor nos colocó a Calvin y a mí juntos. Por su cara, esa decisión le había emocionado tanto como a mí. Sin embargo, después del golpe que se había llevado en clase, prefirió no decir nada y acatar la decisión de Marcos.

—Perfecto, chicos, os explico. ¿Veis esas garrafas llenas de un líquido morado que hay ahí? —Nos señaló tres garrafas llenas hasta arriba de lo que parecía ser calimocho, a juzgar por el color oscuro y las burbujas rosas—. Os vais a enfrentar por parejas. La primera que acabe con su garrafa gana. Son dos litros y medio, así que no tengáis miedo, no os puede pasar nada.

Raúl estaba con Alexia y Harper con Lucas. Todos parecían tan a disgusto como yo.

—Por cierto, me olvidaba. Cada vez que vayáis a beber, debéis dar cinco vueltas alrededor de vuestra garrafa, tocando el tapón con una mano. Fácil, ¿verdad?

—Bueno, ya lo doy por perdido —dijo Calvin en voz baja a mi lado.

—¿Aún no has aprendido a no subestimarme?

Tras mis palabras, Marcos indicó que comenzaba la prueba. Ante la atónita mirada de todos, me lancé como una posesa hacia nuestra garrafa. Di las cinco vueltas y la destapé todo lo rápido que pude. En cuanto la mezcla tocó mi lengua, comencé a tragar todo lo rápido que me permitía mi estómago y mi respiración. Ya a punto de vomitar, posé el bidón en el suelo y salí corriendo a darle el testigo a Calvin, que me miraba sin dar crédito.

Tardamos dos rondas cada uno en terminar nuestra bebida, mientras que al resto de las parejas les quedaba más de la mitad. Por fin, la mirada de mi compañero era de admiración.

—Pero ¿dónde has guardado todo eso, princesa?

—Te he dicho que no me subestimes.

Había bebido tan deprisa que el alcohol estaba empezando a hacer efecto. Por suerte, siempre había tenido mucho aguante, a diferencia de mis compañeros, a los que se les veía bastante borrachos.

Después de eso, nos juntamos todos e hicimos un par de juegos más. Sorprendentemente, Calvin me eligió como pareja las dos veces: ganamos en uno y quedamos segundos en otro. Puede que le hubiera juzgado mal, porque estaba siendo encantador. Bueno, más bien me había juzgado mal él a mí. O puede que todo fuera efecto de la gran cantidad de alcohol que recorría mi cuerpo en ese momento.

15

—En serio, Leonor, eres increíble. No tenía ni idea de que fueras tan divertida.

—Ya te dije que no me subestimaras.

—Esta Leonor es una caja de sorpresas.... —Marcos hablaba con nosotros, apoyados en una de las paredes de la Gruta. No sé si era la borrachera, pero notaba que no podía quitarme los ojos de encima.

—Pues la verdad que sí —confirmó Calvin—. Por cierto, tengo que pedirte un favor. ¿Crees que tengo alguna oportunidad con Alexia? Eres su compañera de cuarto, ¿verdad? Me gusta bastante y nos hemos visto un par de días después de clase, pero me ha dado palo lanzarme...

—A ver, tampoco la conozco mucho, pero yo hablaría con ella. Mira, ahí está —dije mientras la señalaba.

Él se acercó a hablar con ella. Marcos y yo nos quedamos en silencio mirando su encuentro. No tardaron más de dos minutos en empezar a besarse. Noté que los ojos de Marcos giraban hacia mí, y que yo me ponía roja. Por el alcohol y por su presencia.

—¿Habéis visto a Calvin? —Harper venía claramente perjudicada.

—Sí, está ahí con Alexia. Estamos disfrutando de las vistas... —Marcos solo pretendió hacer una broma, pero a Harper «las vistas» le dolieron tanto como una bala directa al corazón. Vi que le jodía de una forma increíble, tanto por que le gustaba Calvin como por que fuera Alexia con quien estuviera liándose.

Y a pesar de lo que parecía que iba a hacer si algo así pasaba, empezó a ligar con Marcos delante de mí, a exhibirse como una especie de pavo real abriendo su cola. Y, sobre todo, a ignorarme. Marcos no hacía más que mirarme atónito sin entender lo que estaba haciendo ella, y cada vez que intentaba acercarse a mí, Harper le cortaba con el cuerpo o intentaba hablar con él. Tras unos comentarios sin recibir la respuesta que buscaba, se fue a la búsqueda y captura de otro alumno de segundo con el que estuvo hablando un rato. Poco, en realidad, hasta que pudo lanzarse y comerle la boca.

—Vaya, Harper es una caja de sorpresas. Me encanta.

—No está bien, la pobre. —No era capaz de juntar más de cinco palabras con sentido. Marcos empezó a reírse de mi falta de coordinación al formar frases y me acarició el pelo.

—Qué mona te pones cuando bebes... —Esa caricia bajó mis defensas, pero alguien vino a molestarnos.

—Hola, chicos. ¿Todo bien por aquí? —Raúl también iba algo borracho, y por su actitud parecía que estaba marcando territorio. ¿Qué estaba haciendo?

—Sí, Raúl, todo bien, no te preocupes. Leo y yo estábamos viendo que el resto de las chicas de vuestro grupo disfrutan de la noche.

En ese momento Alexia llegó tambaleándose, pidiéndome que la acompañara a hacer pis. Detrás de ella estaba Calvin sonriente, sentado a la mesa donde los había visto besarse hacía unos minutos.

—Ahora vengo, chicos. Vamos al baño.

Según habíamos visto, por un pequeño pasillo se accedía a una especie de recibidor decorado con un par de butacones. Las puertas de los dos aseos se encontraban enfrentadas. En la de los chicos estaba Lucas besando a Andrew. «¿Aquí todo el mundo se besa menos yo?», pensé. Lucas nos guiñó un ojo como diciendo «Ahora vengo» y se metió en el baño, cogiendo a Andrew por la camiseta.

Alexia y yo entramos en el nuestro y ella fue directa a un cubículo.

—¿Qué tal con Calvin? —le pregunté mientras oía que empezaba a mear.

—Pues es bastante majo. No sé por qué le tienes tanta manía.

—No le tengo manía, al contrario. Es él el que hasta hoy me trataba fatal.

—Leonor, no eres el centro del mundo. Dudo mucho que Calvin supiera algo de ti antes de esta noche, más allá de lo poco que cuentas en las mentorías... —¿Por qué Alexia tenía que ser tan directa y dañina a veces?

—No, claro. El mundo gira en torno a ti —susurré para mí.

—¿Has dicho algo? —preguntó Alexia. Estaba claro, no lo había dicho tan bajo como pensaba—. Leonor, cada uno tenemos una función en la sociedad. Algunos estamos hechos para liderar y otros habéis nacido para seguirnos. Pero ninguna de las dos opciones es mala, solo distinta... —Sí que le había afectado el alcohol..., la tía había perdido el filtro.

—Vale, Alexia, lo que tú digas —contesté mosqueada.

—¡Pero no te enfades! No lo he dicho para atacarte.

—No te preocupes, nunca me enfado.

Y tras estas palabras que ni yo me creí, me quedé en silencio. Supuse que Alexia era demasiado egocéntrica para que le afectara lo que acababa de decir.

Aquella situación eliminó el buen rollo que llevaba en el cuerpo. Me miré al espejo y no terminé de reconocerme en la imagen que me devolvió. Decidí irme y dejar allí a mi compañera, pero al acercarme a la puerta entreabierta, reconocí dos voces en el otro baño.

—No me fío de ti. —Raúl había increpado a Marcos antes de que este entrara en el aseo, y ambos estaban hablando en el pasillo, entre los de los chicos y los de las chicas.

—Me da igual, Raúl, déjame en paz. Estás borracho y mañana te vas a arrepentir.

—No eres trigo limpio, Marcos, escondes algo. Lo sé.

—Mira, tío, pasa de mí y no me des la vara. No quiero tener que cuidar de más borrachos.

—¡Aléjate de ella! —dijo Raúl, subiendo el tono.

—Leonor, ya salgo... —Alexia iba muy borracha y no calculaba el volumen de su voz, por lo que ambos la oyeron porque se giraron al instante.

Noté que Marcos y Raúl miraban hacia la puerta entreabierta y juraría que ambos vieron que apartaba la cara del hueco con poca sutileza y coordinación.

Alexia salió del cubículo y casi se cayó al suelo, pero la cogí al vuelo. Nos acercamos a la puerta y la abrí con dificultad. Al fin y al cabo, yo también iba borracha. Después de todo lo que me había dicho, me sentía idiota ayudándola, pero así era yo, la amiga ridícula.

Al salir, nos topamos con Raúl y Marcos. Raúl me miró a los ojos y me pareció que abría la boca para decir algo, pero terminó negando con la cabeza y se fue.

Calvin llegó para romper el hielo y Alexia me cambió por él. Fue un alivio no tener que seguir cargando con ella. Mientras hacía estiramientos de hombro, ellos se alejaron para seguir besándose y Marcos se acercó a mí.

—¿Cómo está Alexia?

—Diría que bastante bien. Mejor que yo —añadí bajito. Pero la borrachera me traicionó, y lo que consideré que era un susurro no lo fue.

—¿Por qué lo dices? ¿No lo estás pasando bien? —Y mientras hablaba, se acercó más a mí, hasta que le tuve a un palmo.

—No sé, al final ella siempre consigue lo que quiere y yo... Yo acabo siendo una mera espectadora de lo que hace, otra seguidora de su séquito de secuaces.

—¿Y por qué no participas en la película?

—Porque no soy la protagonista. En todo caso, soy la amiga. Y esa nunca consigue al chico. Las historias no se escriben para los personajes secundarios... Solo sirven para que sea más redonda.

—Pues a mí siempre me han gustado más los personajes secundarios.

No sé si fueron sus palabras, el subidón del momento, la sinceridad, la borrachera o todo junto, pero me acerqué a él y le besé. Y, joder, sabía increíble.

16

El día de la nevada

La nieve golpea con fuerza las ventanas de la comisaría de Vielha mientras Alicia Ferrer bucea entre documentos desde hace horas. Espera una llamada que arroje luz sobre el asunto, pero no llega.

Los tres mossos que la acompañan han salido a comer algo de una máquina expendedora del sótano, pero ella ha decidido quedarse en la sala. Odia esa máquina, pues siempre se traga sus monedas, aunque tal como avanza la nevada, no le quedará más opción que recurrir a ella. Necesita desconectar, por lo que decide fumarse un cigarrillo.

Sabe que está prohibido, pero en un día como este no piensa salir a la terraza. Abre dos dedos una de las ventanas y se dispone a encender uno de los pitillos que guarda en la chaqueta del uniforme. Su aroma al sacarlo de la caja en la que descansa con sus hermanos la tranquiliza de inmediato y mejora su humor.

Llevan horas encerrados en comisaría revisando documentos, tomando notas y leyendo expedientes de alumnos de una escuela de niños pijos. No hay nada que odie más que el nepotismo. Ella cree en el talento, en las personas hechas a sí mismas, en ganarse los cargos. Como habría dicho su padre años atrás, ella tiene el culo pelado de aguantar miserias y situaciones incómodas, y esos chicos, por dinero o por apellido, tendrán la vida muchísimo más fácil que su hija. Esto la pone enferma.

El mechero falla un par de veces antes de crear una llama lo suficientemente potente como para encender ese pequeño cilindro que descansa entre sus dedos y pide a gritos entrar en su sistema respiratorio. La primera calada le nubla lo bastante la mente como para olvidarse de dónde se encuentra e imaginarse en la cama con su esposa, antes de una noche de sueño reparador.

Al cabo de minutos, los mossos vuelven y Alicia apaga el cigarrillo con disimulo para sumergirse de nuevo en los documentos. Con la mente más fresca, no tarda en dar con algo que le sorprende.

—Es curioso. Al parecer, los alumnos atrapados en la academia Roca Negra son del mismo grupo de mentorías... —Ante la mirada atónita de todos, Alicia sigue hablando—. Según lo que pone aquí, cada año los alumnos de primero forman equipos en función de las aptitudes que muestran en las pruebas de admisión. Y estos, casualmente... —dice alargando la tercera vocal—, están en el mismo grupo.

—Buenos, no es raro que hayan hecho migas y se hayan quedado por eso... —Alejandro Castilla, otro mosso, toma la palabra.

—Puede. Pero ¿no te extraña que después de meses de clase decidan quedarse en la escuela en un puente como este? Ese sitio será de élite, pero no deja de ser un internado. Esa gente tiene dinero, y como en casa no estarán en ninguna parte... —Alicia es muy intuitiva, y lo que ha descubierto la ha sorprendido.

—No podemos estar seguros de nada, por ahora no son más que suposiciones. A ver si se despeja la tormenta de nieve y podemos ir a la academia de una maldita vez.

—¿Y si te enseño esto? —La comisaria deja caer en la mesa un expediente que reza GRUPO AMATISTA.

—¿Qué es?

—El documento que demuestra que no solo todos... —el énfasis en la palabra «todos» les cae como un jarro de agua fría— los alumnos de ese grupo se han quedado este puente, sino que han sido los únicos. También está allí su mentor, que no es ni más ni menos que el hijo de la directora de la academia. Y si lo que pone aquí es cierto, no todos se llevaban bien.

Alejandro coge el expediente y mira a Alicia emocionado. Por fin tienen un hilo del que tirar. Los otros mossos se acercan a Alejandro para ver a quiénes se enfrentan. La comisaria echa un vistazo por la ventana y se da cuenta de que la ventisca está amainando. Aún quedan varias horas para que las carreteras sean transitables, pero con la información de ese dosier estarán entretenidos. Y con un poco de suerte darán con algo que les ayude a aclarar un poco la situación.

17

Tres meses antes del día de la nevada

Calvin entró a formar parte de nuestra pandilla como un engranaje más del complejo mecanismo que éramos. Cada uno cumplíamos una función en el extraño ecosistema social que habíamos creado. Y jugábamos nuestras cartas a la perfección. No estaba acostumbrada a pertenecer a un grupo popular. Bueno, a quién quiero engañar, no estaba acostumbrada a formar parte de nada, punto. Pero empecé a descubrir que, encerrada entre cuatro paredes, los vínculos se desarrollan más rápido.

Las fiestas en la Gruta acabaron convirtiéndose en una costumbre. Por mucho que la academia pareciera un resort con todo tipo de lujos, cuando pasas las veinticuatro horas en el mismo lugar, cualquier excusa que rompa la rutina es bien recibida. Y en la Gruta nos sentíamos libres.

Tras las novatadas comenzaron las fiestas temáticas. En la academia todo el mundo se tomaba muy en serio su función. Los alumnos se encargaban de gestionar los entresijos de las actividades que tenían que ver con el ocio y el tiempo libre, incluida la Gruta. A principios de curso se abrían plazas para entrar en el equipo directivo y encargarse del abastecimiento, la organización de las fiestas, el almacén... Lucas se presentó voluntario, pero no lo consiguió. En cambio, Harper sí, y entró a formar parte del comité.

Al principio me llamó la atención que mis compañeros quisieran invertir parte de su tiempo en gestionar un sitio como la Gruta a cambio de nada, pero Raúl me abrió los ojos. No era a cambio de nada; obtenían poder. Y eso era lo que más les gustaba.

Por lo que pude leer en los *flyers* que nos metían en las taquillas, la fiesta de esa noche, a espaldas de la academia, era de temática neón. Nunca había asistido a algo parecido, pero lo había visto en *Teen Wolf* y recordaba la escena de Isaac y Allison. ¿Marcos y yo seríamos ellos esa noche? ¿O la recrearía con Raúl? Estaba abierta a cualquier opción.

El tema con Marcos no estaba avanzando tan deprisa como cabría esperar, teniendo en cuenta que en un primer momento fue él el que vino detrás de mí. Supongo que si mezclábamos que me costaba entablar conversación y que ambos estábamos muy liados con las clases, era complicado vernos. Al final solo teníamos tiempo libre en las fiestas. Bueno, tenía, porque Marcos estaba en el comité y le tocaba pringar en los preparativos.

Por otro lado, Raúl se había distanciado un poco tras la fiesta de iniciación, pero habíamos vuelto a nuestro tira y afloja. Me sentía entre dos aguas, pero también sabía que era joven y me lo podía permitir. ¿Qué problema había en que me gustaran dos chicos y los dos me hicieran caso?

—¿Estáis listas?

Los golpes en la puerta y la voz de Lucas me sacaron de mis pensamientos.

—¿Pero todavía estáis así? Madre mía, sois muy lentas.

Tras él entró Raúl y ambos se sentaron en mi cama a esperar. Yo estaba casi lista, pero, como siempre, Alexia tardó veinte minutos en maquillarse y salir perfecta. Al acabar, Calvin llamó a la puerta, como si lo hubiera invocado. Todos listos para ir a la fiesta. Pero antes el recién llegado nos sorprendió.

—Tengo un regalo para vosotros. —Mientras lo decía, metió la mano en el bolsillo y sacó una bolsita de plástico con cinco pastillas rosas.

—Calvin, eres el mejor...

Yo no lo habría definido así, pero supongo que la mente de Alexia y la mía funcionaban de forma distinta. A juzgar por las caras de los demás, parecía que era la única a la que no le hacía gracia.

—Yo paso, chicos.

—Anda, Leo, no seas siesa, es solo una pastilla... —Qué poco me conocían si pensaban que era la primera vez que veía una de esas.

—No quiero, de verdad. Haced lo que os dé la gana.

—Coge un cuarto... No vamos a tomárnosla de golpe. Venga, y si no te mola nos repartimos el resto entre nosotros —intentó convencerme Calvin.

¿De nuevo saltándonos las normas?

—Tío, si no le apetece, no la obliguéis... —El tono con el que Raúl pronunció esas palabras me hizo aceptar.

—Da igual. Si consigo que os calléis, me la tomo.

—¡Qué guay, tía! —El abrazo de Alexia me supo raro. No me gustaba que le hiciera feliz que me drogase.

—Venga, os reparto un cuarto a cada uno y nos lo tomamos aquí. —Mientras lo decía, Calvin fue partiendo las pastillas y dándonos un trozo por cabeza.

Una vez repartidos, nos miramos y nos lo tomamos. Acababa de dar comienzo una de las mejores y peores noches de mi vida.

Me parecía increíble lo que hacían con la Gruta. Sin exagerar, era como ir a una discoteca diferente cada noche sin salir de la academia. Supongo que ese era el objetivo. Aquel día las luces eran distintas y todo brillaba con colores neón. Al entrar, nos dieron una pulsera de un color aleatorio y podíamos decorarnos el cuerpo o la cara con unas pinturas especiales. No sabía si la pastilla ya había empezado a hacerme efecto, pero me parecía la mejor fiesta de mi vida.

—Lucas, ¿estás bien? —Desde hacía un rato estaba absorto en la pantalla del móvil y me preocupaba que le hubiera sentado mal la droga.

—¿Qué? Sí, tía, todo bien —dijo mientras guardaba el teléfono a toda prisa.

—¿Ha habido alguna novedad con el Emperador? —No sé por qué me acordé de esa persona, pero el gesto de Lucas me dejó claro que él tampoco lo había olvidado.

—Qué va, es agua pasada. Estoy bastante guay con Andrew. Bueno, y con algún otro que cae de vez en cuando —dijo poniendo cara de pícaro, pero por su tono noté que no me decía toda la verdad.

—Vaya, vaya. Me tienes que poner al día...

—Si hoy nos drogamos lo suficiente, puede que se me suelte la lengua y te cuente algún que otro secreto... —me susurró, y con las mismas cortó la conversación y se puso a bailar.

La música era perfecta. La vibra de todo el mundo estaba en sintonía, y me sentía fluir con el espacio. Todo mi cuerpo estaba relajado, pero no podía dejar de bailar al ritmo de la música y de observar a la gente que me rodeaba con una mezcla de asombro y emoción. Sentí la exaltación de la amistad de una forma vertiginosa. Cuando llevábamos una hora allí, Calvin se me acercó con otro cuarto de pastilla en la mano. Sin pensármelo dos veces, la cogí y me la metí en la boca.

¿Quién era esa Leonor? No lo tenía claro, pero no quería juzgarla. En ese instante todo parecía tener sentido, todo parecía estar donde tocaba, todo fluía a su ritmo, y a juzgar por las caras de mis compañeros, no era la única que lo pensaba.

La noche continuó su tempo con buena música y alguna que otra copa que ayudaba a que el ambiente fuera aún más divertido y surrealista. En un momento dado, Marcos apareció junto a mí sin camiseta, con el pecho manchado de pintura neón. Estaba tan guapo y yo tan drogada que, antes de que abriera la boca, lo callé con un beso.

Su lengua sabía a vodka y a Red Bull, pero en aquel instante era mi sabor favorito. Sus manos tardaron en reaccionar, pero me rodeó la cintura y bajó una mano hasta mi culo. Le había rodeado el cuello con los brazos, pero al notar su caricia, le agarré del pelo.

Seguimos besándonos un rato en esa posición. Me sentía magnética, cautivadora, protagonista de mi noche. Entonces noté la mano de alguien en el hombro.

—Leonor, tenemos un problema...

A Lucas se le veía afectado y no se había dado cuenta de que me estaba liando con Marcos hasta que ya estaba demasiado cerca para echarse atrás.

—Lucas, estoy ocupada... —No quería ser borde, pero tampoco me apetecía apartarme de Marcos.

—Perdón, Leo, no te molestaría si no fuera importante, pero... necesitamos la ayuda de todos.

—Contad conmigo, chicos, confiad en mí. ¿Qué ha pasado?

—No quiero parecer borde, Marcos, pero no creo que siendo quien eres...

—¿Creéis que sois los únicos que os habéis drogado esta noche?

Esa frase me dejó helada. ¿Cómo lo sabía?

—A ver, ¿a quién le ha sentado mal? —preguntó Marcos intentando quitar hierro al asunto.

Tras unos segundos, Lucas comenzó a hablar:

—Es Calvin. Creemos que se ha tomado la media pastilla de Leo, y está inconsciente en el baño.

Después de eso, todo se puso borroso. El cerebro se me subió a un globo aerostático y mis ideas empezaron a ascender hacia el cielo. Los tres nos dirigimos al baño y encontramos a Alexia mirando a un Calvin inconsciente.

—Deberíamos llamar a una ambulancia, no responde... —dijo Alexia a punto de ponerse a llorar.

—Está muy mal... —susurró Lucas.

Me agaché como pude e intenté tomar el pulso a Calvin. Ahí estaba, pero su corazón latía muy lento.

—Marcos, deberías pedir ayuda. Esto es una movida... —dije antes de que me cortara.

—No podemos llamar a nadie. Tenemos que solucionarlo nosotros.

—Pero, Marcos, necesitamos ayuda. No está bien, debería verlo un médico —dijo Alexia al borde del colapso.

—Voy a llamar a una ambulancia —sentenció Lucas mientras sacaba el móvil de la chaqueta.

Pero Marcos se lo quitó con violencia.

—Que no vamos a llamar a nadie. ¿Sabéis lo que es un pacto de silencio? Esto no puede llegar a oídos de la academia. Si pasa, se nos cae el pelo y se acaba el chollo. Él se ha puesto en esta situación. No es el primero ni el último que va a sufrir un amago de sobredosis en la Gruta, os lo garantizo. —Guardó silencio y continuó tras unos segundos—: Lucas, ayúdame a levantarle. Vamos a sacarle de aquí.

Gracias a Marcos, logramos salir de la Gruta sin que mucha gente se diera cuenta. Nos ayudó a subirle a la habitación y a meterle en la cama.

Nos tranquilizó diciéndonos que estaba fuera de peligro, pero nos amenazó una vez más: si a alguno se nos ocurría decir algo a alguien que no supiera de la existencia de la Gruta, no sería necesario que Jimena nos echara. Nos harían la vida tan imposible que no querríamos seguir allí.

Al día siguiente Calvin iba a tener una resaca importante y un bajón fuerte, así que Alexia se quedó a dormir con él.

—Puedes venir a mi habitación para no pasar la noche sola. Se te ve afectada. —Las palabras de Marcos me retumbaban en la cabeza, pero me costaba encontrarles el sentido. Al final acepté.

Marcos tenía una habitación para él solo en la esquina del pasillo siguiente al nuestro. Supuse que, en su año, habría sido el que se quedara sin pareja en la última prueba. ¿Habría tenido algo que ver el hecho de que fuera el hijo de la directora?

—Puedo dormir en el suelo si no quieres que... —¿Cómo podía ser tan mono?

—No, duerme en la cama conmigo. ¿Puedes dejarme algo de ropa?

Después de desmaquillarme como pude y ponerme uno de sus pijamas que ocultaba mis formas femeninas, salí del baño sintiéndome derrotada por la vida y recordando por qué durante años me había opuesto a las drogas y me había prometido no probarlas. Pero el abrazo que mi mentor me dio por la espalda cuando nos metimos en la cama y apagamos la luz ayudó a que esa sensación se pasara rápido. Y que no intentara nada le hizo sumar puntos. Marcos estaba empezando a gustarme más de lo que quería, y no sabía si estaba preparada para ello.

18

A la mañana siguiente teníamos clase. Por suerte, la resaca era leve, pero noté una sensación de vacío en el pecho difícil de explicar, como si me hubiera llenado de tristeza y solo una buena sesión de llanto pudiera llevársela.

Marcos me preguntó si quería ducharme en su cuarto, pero lo rechacé dignamente. Me volví a poner la ropa del día anterior y me dirigí a mi habitación. ¿Cuántas posibilidades tenía de cruzarme con alguien? ¿Y de que esa persona fuera Harper? Pues más de las que pensaba, a juzgar por la mirada de superioridad que me echó cuando pasé por delante de su cuarto. Pero no dejé que me afectara y continué con la vista al frente.

Al llegar a mi habitación, Alexia ya estaba preparada para ir a clase. Por una vez se cambiaron las tornas y fue ella la que tuvo que esperarme. Me preguntó varias veces si había pasado algo con Marcos, y cuanto más le repetía que solo habíamos dormido juntos, menos me creía. En el fondo me daba igual, yo sabía la verdad. Y agradecía que Marcos hubiera sido tan respetuoso.

No solía maquillarme mucho para ir a clase, pero ese día mi cara lo pedía a gritos, así que me eché base y algo de color en las mejillas para dejar de parecer un cadáver. Por suerte, llevar uniforme me ahorraba el marrón de pensar qué ponerme.

Salimos bastante justas de tiempo, pero llegamos con un par de minutos para sentarnos y hablar de la noche anterior. Por lo que me había contado en el cuarto, Calvin había dormido del tirón y parecía estar bien, pero la resaca le estaba matando. Iba a saltarse las primeras horas.

En clase noté un ambiente raro entre mis compañeros. De hecho, se callaron y empezaron a mirarme. A ver, era consciente de que habíamos dado la nota, pero no sabía que tanto. Alexia y yo nos dirigimos a nuestros asientos sintiéndonos algo incómodas y avergonzadas, pero sin dejar que nuestra cara reflejase esa sensación. O al menos intentándolo. Antes de posar el culo en nuestros sitios, oímos unas risas procedentes del fondo del aula. Al volverme hacia la pizarra, vi por qué. Alguien había escrito LEONOR ES LA NUEVA ZORRA DE MARCOS. Y no sé por qué me sentí tremendamente humillada, pero también paralizada.

Alexia tardó un poco más que yo en verlo, pero reconocí la ira en sus ojos. La risa de Harper y sus amigas terminó de señalar a las culpables y de activar la máquina de matar que era Alexia. Se levantó de la silla y fue hacia Harper, pero me adelanté antes de que pudiera hacer nada y la agarré del brazo.

—Alexia, para. Sabes que una más y nos abren expediente —le susurré para intentar sosegarla.

—¿Quieres que se salga con la suya? —Estaba furiosa.

Algo me decía que iba a pagar parte de la tensión del día anterior.

—Alexia, me da igual. Que diga y haga lo que quiera. —Mientras intentaba tranquilizarla, ella trataba de quitarme de en medio. Parecía un miura.

En ese instante, Raúl y Lucas entraron en clase y lo vieron antes que nosotras. Como activado por un resorte, el primero se acercó a la pizarra para borrarlo, pero Harper le cortó el pasó.

—¿A dónde vas?

—A borrar la mierda que has escrito.

—¿Crees que es mentira?

—Me la suda. Pero no eres nadie para poner algo así sobre otra persona.

—Bueno, puede que me equivoque y que no haya visto a Leonor esta mañana saliendo de la habitación de Marcos con la ropa de ayer.

—Harper, ¿te quieres callar? Eres patética. ¿Tan poco caso te hacían de niña que tuviste que transformarte en una *bully*?

—¿Perdona?

Raúl aprovechó ese golpe bajo para apartarla y borrar la pizarra.

—Que dejes de hacer el ridículo. Leo no te ha hecho nada.

—¿Necesito una razón para odiar a alguien?

—¿No te parece que «odiar» es una palabra un poco fuerte? Ni siquiera nos conoces. Repito: eres patética.

No sabía por qué, pero esa conversación estaba poniéndome muy nerviosa. Y odiaba que la gente me defendiera. Me hacía sentir pequeñita, como me pasaba en casa.

—Raúl, basta. Es inútil razonar con gente así. Que haga lo que le dé la gana.

Harper no tuvo tiempo de responder porque María entró en clase y nos pidió que nos sentáramos.

Me tiré toda la hora pensando en lo que había pasado. Desde pequeña, mi padre se empeñó en que aprendiera a defenderme, aunque parecía haber olvidado todas sus enseñanzas. Quería que me respetasen, pero no sabía si estaba dispuesta a hacer algo de lo que pudiera arrepentirme. A la mirada número cien de Harper, los cables se me cruzaron.

En un descanso, fue al baño sola y la seguí. No había planeado nada, pero estaba convencida de que debía actuar. Entré tras ella, y su cara me dejó claro que no me tenía miedo. Craso error.

—Vaya, la zorra viene a por la revancha.

En segundos la tenía con la cara contra la pared y su media melena en mi mano derecha.

—Como vuelvas a hacerme algo, no seré tan buena.

No tienes ni puta idea de quién soy. Ni se te ocurra subestimarme —susurré para que no nos oyeran. Ella estaba tan paralizada que no gritó—. ¿Me has entendido?

—Me haces daño.

—¿Me has entendido o no? —le pregunté mientras apretaba aún más su cara contra la pared.

—Sí, sí, te he entendido, pero para, por favor.

Tras esas palabras, le solté el pelo y se dejó caer en el suelo por el *shock*.

—Estás loca —susurró.

—Puede. O puede que solo esté harta de tus tonterías. Pero no creo que seas lo suficientemente valiente para descubrirlo.

19

—Leo, sé cómo devolvérsela a Harper —me dijo Alexia. Yo llevaba los AirPods puestos mientras hacía los deberes, así que, al verla gesticular delante de mi cara, me los quité para oírla—. He dicho que ya sé cómo devolvérsela a Harper.

—Alexia, no quiero devolvérsela, quiero pasar de ella.

—Tía, no. Es una puta, tenemos que darle una lección.

—Sabes que el adjetivo «puta» es machista, ¿verdad?

—Me has entendido. Se ha pasado contigo y no voy a permitir que se salga con la suya.

—Alexia, es mi movida y paso de malos rollos. Te repito lo que te he dicho en clase: una más y nos abren expediente.

—Venga, tía, hazme caso, que no será para tanto.

—Que no, Alexia, que me da igual lo que haya hecho.

Eso no era del todo cierto, pero ya había tomado cartas en el asunto.

—No sabía que fueras tan cobarde, la verdad —dijo mientras volvía a prestar atención sus apuntes.

Por lo general, ese comentario no me habría molestado, pero me estaba convirtiendo en otra Leonor. Y al parecer Alexia me estaba cogiendo el tranquillo muy rápido.

—No soy una cobarde, y lo sabes.

—Puede que yo lo sepa, pero el resto no. Y mucho menos la pu... —Vi en su cara que reculaba y cambiaba de adjetivo—: La imbécil de Harper.

—Pero es que me da igual lo que piense el resto de la clase. La mayoría ni siquiera me caen bien.

—¿Y Raúl? Porque estoy segura de que a sus ojos también eres una cobarde. ¿Crees que te defenderá todo el año?

—Se acabó. ¿Qué has pensado?

Cada vez le era más fácil convencerme. Me estaba pillando el truco a pasos agigantados.

—¡Sabía que entrarías en razón! Pues bien, Harper está colada por Calvin y...

—Ay, no, Alexia... ¿Qué has hecho?

—Nada, solo he intercambiado unos mensajes con ella haciéndome pasar por él.

—Pero ¿cómo que haciéndote pasar por él?

—El otro día, mientras él iba al baño, metí su WhatsApp en mi ordenador. Hoy, después de clase, he ido a verle para comprobar que estaba bien y he aprovechado para cogerle el móvil. Con lo despistado que es, creo que aún tenemos unas horas hasta que se dé cuenta de que no está en su mochila.

—¿Y esa es tu gran venganza? Me decepcionas. Pero me alegra no tener que mancharme las manos.

—Esa es solo la primera parte. En media hora tenemos que estar en la habitación de Calvin... Ella cree que estará esperándola a oscuras, metido en la cama. Las reglas que tiene que seguir son sencillas: entrar, no hacer preguntas y tumbarse desnuda con él.

—Por supuesto, Calvin no estará allí, ¿verdad?

—No, ha quedado con Raúl y Lucas, y les he dicho que nosotras iremos después.

—Vale. ¿Y de qué servirá?

—Las que estaremos allí seremos nosotras, escondidas para sacarle un par de fotos que te aseguro que nunca olvidará.

—Alexia, no. Eso es pasarse. No voy a filtrar fotos de una compañera desnuda. ¿En qué posición nos deja eso a nosotras? Además de que es un delito...

—Leo, no vamos a filtrar nada. Pero te aseguro que, por miedo, no se atreverá a meterse con nosotras nunca más.

—Tía, no sé. No quiero ser una *bully*, es jugar tan sucio como ella. No lo veo muy... —En ese momento el portátil de Alexia sonó anunciando la llegada de un nuevo mensaje. Por su cara, vi de quién se trataba—. Ya no hay marcha atrás, ¿verdad?

—Venga, vístete, que nos vamos.

A pesar de lo que pudiera pensar de él, la habitación de Calvin estaba impoluta. Olía a limpio y, para lo que le había pasado la noche anterior, estaba bastante recogida. Era igual de grande que la nuestra, pero solo había un juego de muebles, por lo que se veía más amplia.

Alexia y yo llegamos con el tiempo justo para entrar, colocar unos cojines bajo el edredón para que pareciera que había alguien y escondernos a oscuras delante de la cama.

—¿Eres consciente de que si enciende la luz nuestro plan se va a la mierda?

—¿Ahora es nuestro plan?

—Ya me entiendes. ¿Tenemos un plan B?

—No, no tenemos un plan B. Saldrá bien, confía en mí.

—Alexia, no sé, creo que no es una buena idea.

—Leo, ya estamos aquí. No te rayes, todo va a ir bien. Confía en mí.

—No sé, Alexia... —Unos pasos resonando en el pasillo me hicieron callar.

—Shhh, ya viene, prepárate. —Saqué el móvil y abrí la cámara, que iluminó toda la habitación—. Baja el brillo, idiota.

—Voy, voy. Me he puesto nerviosa —dije en voz baja.

Harper llamó a la puerta y, tras unos segundos, la abrió con delicadeza.

—¿Hola? —preguntó entre susurros—. Ya estoy aquí, Calvin.

No recibió contestación, y pasaron unos segundos eternos hasta que volvió a abrir la boca:

—Veo que ibas en serio con lo que decías en los mensajes... —La mano de Alexia me apretó el brazo como diciendo «Te lo dije»—. De acuerdo, espero que también vayas en serio con esto.

Harper caminó por el pasillo que daba a la habitación y, al intuir la cama, se acercó a ella. En completa oscuridad, oímos que se desnudaba lentamente y se metía en ella.

—Ahora —me susurró Alexia al oído.

—¿Quién anda ahí?

Pero nadie contestó a la pobre Harper.

La lámpara del techo iluminó la habitación dejando al descubierto a una Harper aterrada y desnuda, como si fuera un conejo cara a cara con un lobo.

—¿Qué coño estáis haciendo aquí?

—¿De verdad pensabas que Calvin te iba a preferir a mí? Sí que eres ilusa.

Alexia estaba grabando y yo sacando fotos de la situación. No acababa de sentirme bien con lo que estábamos haciendo, pero ella había empezado y yo estaba harta de tonterías.

—Pero ¿estáis locas? —Harper intentó quitarle el móvil a Alexia mientras luchaba por taparse con la sábana y gritaba—: ¡Dejad de grabarme, no tiene ni puta gracia! ¡Os estáis pasando!

—¿Vas a chivarte como una cría? —Por increíble que parezca, se lo pregunté yo—. Como abras la boca, toda la academia verá esto. Así que yo que tú me lo pensaría dos veces.

Su cara mostró frustración y se levantó de la cama de

Calvin. Recogió la ropa y aproveché antes de que empezara a vestirse para hacerle una foto perfecta de espaldas en la que se la veía casi desnuda. Me sentí una mierda y la puta ama a la vez.

—Prepárate, que viene el acto final —me susurró Alexia mientras Harper terminaba de vestirse.

—¿Qué más has hecho, Alexia? —le pregunté con miedo.

En ese momento Harper se lanzó como una loba a por mi amiga y ambas cayeron al suelo.

Calvin, Lucas y Raúl entraron entonces y se quedaron blancos al ver la situación. Calvin corrió a levantar en volandas a Alexia mientras Raúl hacía lo propio con Harper. Esta última, antes de irse hecha una fiera de la habitación, le cruzó la cara a Calvin con un sonoro tortazo. Alexia y yo no pudimos aguantar la risa, tanto por la situación que acabábamos de vivir como por sus caras de sorpresa.

—¿Qué coño acaba de pasar? ¿Y por qué os estabais pegando en mi habitación?

—Digamos que, gracias a un plan genial trazado por mí, esa cerda no volverá a meterse con mi mejor amiga.

Que me llamara «mejor amiga» fue el broche final para terminar de sentirme la reina del mundo. Los remordimientos habían desaparecido.

—Voy a la habitación, que acabo de recordar que tenía que llamar a mi madre. Vengo en un rato. —Esas palabras salieron de la boca de Raúl, y no me dio tiempo a convencerle de que se quedara antes de que se fuera a toda prisa.

—Bueno, cuéntanoslo a nosotros; esta noche le pongo al día. Estoy deseando saber qué le habéis hecho. —Lucas estaba impaciente por oír nuestra historia.

—Empieza tú, Alexia, que tengo que decirle algo urgente a Raúl. —Y sin esperar respuesta, salí de la habitación tras él.

Seguía en el pasillo, así que no tardé en alcanzarle.

—Oye, un segundo, ¿te has mosqueado? —le pregunté.

—¿A qué te refieres? —Por su tono de voz estaba claro.

—¿Qué? ¿No quieres saber qué ha pasado? Te prometo que te vas a reír.

—Lo dudo, Leonor. —Las palabras salían de su boca cada vez más secas.

—¿Me explicas el tono que estás usando? ¿Estás cabreado conmigo?

—No, simplemente no hablo con niñatas.

—Pero ¿quién coño te crees? —Había conseguido encenderme.

—¿Y quién te crees tú para hacer lo que sea que hayáis hecho? La pobre Harper se ha ido llorando.

—Ella empezó. Tú también me has defendido esta mañana.

—Por lo que veo ahora, puedes defenderte solita.

—¿Eso es lo que te jode, que no necesite a un caballero que me proteja?

—No, me jode pensar que a lo mejor me he equivocado contigo, porque a la persona que tengo delante de mí no la conozco.

—No tienes el más mínimo derecho a decirme cómo actuar.

—¿Y Alexia sí?

—Que te follen, Raúl. Eres un gilipollas.

No dejé que me contestara, porque notaba que las lágrimas empezaban a asomar, y por nada del mundo iba a permitir que me viera llorar. No quería decirle que en el fondo llevaba razón, que me había comportado como una niñata. ¿Toda la vida sufriendo acoso para acabar haciendo lo mismo? No me sentía orgullosa de la persona en la que me estaba convirtiendo.

En cuanto se fue, decidí dar un paseo por los alrededores de la academia para despejarme la cabeza. Un poco de aire fresco siempre me aclaraba las ideas y me centraba. Pero una vez más me di de bruces con Marcos, un Marcos que corría con los cascos puestos y sin camiseta, con el torso empapado, que me arrolló y me tiró al suelo sin querer. Y mis pensamientos, en vez de aclararse, se encendieron.

20

—Leonor, ¿estás bien?

La verdad era que no me había hecho daño. Y lo poco que me pudiera doler quedó eclipsado por lo guapo que iba.

—Sí, no te preocupes. Solo es un raspón —dije al tiempo que me sacudía los codos.

—No, me refiero a que tienes mala cara.

—Ah... —Justo el comentario que necesitaba: que uno de los chicos que me gustaba me dijera que estaba espantosa mientras él parecía recién salido de un anuncio de Abercrombie.

—No, no digo que estés fea, sino que... —Se tomó unos segundos antes de continuar—: ¿Has estado llorando?

Subí una mano hasta las mejillas para comprobar que llevaba razón. Mi cara estaba mojada. Me había enfadado tanto con la actitud y los comentarios de Raúl que la frustración había escapado de mis ojos sin darme cuenta de ello.

—No es nada, no te preocupes.

Podía secarme las mejillas, pero las señales de haber llorado iban a permanecer un rato en mi cara. Y los remordimientos por lo que le acabábamos de hacer a Harper se quedarían en mi pecho aún más tiempo.

—Sabes que puedes contármelo, ¿verdad? Si necesitas que te eche una mano con algo o tienes algún problema con una asignatura, dímelo.

—No, en serio, Marcos... —Soné más borde de lo que pretendía, así que me apresuré a añadir—: Solo he tenido un encontronazo con alguien. Y al parecer no se me da bien lidiar con la frustración.

—Leonor, cada uno procesa la frustración como puede. No te avergüences por llorar. De hecho, me parece muy valiente. En nuestra sociedad no es fácil que la gente se atreva a hacerlo. Me lo enseñó mi psicóloga.

—¿Vas a una psicóloga?

—¿Cómo crees que aprendí a gestionar el ser el hijo de la directora de una de las academias más prestigiosas del mundo? Los primeros meses del año pasado fueron un infierno, hasta que me atreví a ser yo y a buscar mi sitio en la escuela.

—Guau, eres una caja de sorpresas, Marcos Jiménez Sorní. —Alcé la mano para acariciarle la cara un tanto sudada y, al pasar cerca de su pecho desnudo, noté el calor que emanaba—. Perdón, te estoy distrayendo, ve a ducharte.

—Nunca me distraes, Leonor. —Hizo el amago de irse, pero reculó y me dijo—: ¿Te apetece acompañarme? Ya conoces mi habitación. Así podemos seguir hablando un rato.

La pregunta me pilló desprevenida y seguro que puse cara de tonta. ¿Uno de los chicos más guapos de Roca Negra me estaba invitando a su habitación después de verme llorar? Me aterraba volver a quedarme a solas con él, porque no estaba segura de lo que tenía en mente. Pero era una invitación que no podía rechazar.

—Leonor, perdóname. Me he pasado...

La voz de Raúl me llegó de lejos. Me volví y le vi acercarse. Y también que su cara fue cambiando al darse cuenta de que no estaba sola, sino con Marcos. Él sin camiseta delante de mí. Algo me dijo que su corazón se rompió un poco, aunque mentiría si dijera que al mío no le pasó lo mismo. Pero esos días estaba llena de orgullo.

—Vamos a tu habitación y seguimos hablando.

Tras estas palabras, le di un beso en la mejilla a Marcos para que Raúl nos viera, para que sintiera que le ignoraba y que me iba con otro chico. Le aplasté aún más el corazón. Nunca me había gustado hacer leña del árbol caído, pero me estaba transformando muy deprisa.

Y él no hizo nada. Se quedó allí mirando como nos alejábamos. Una parte de mí se arrepintió al instante y quiso pedirle perdón. Pero la nueva Leonor se estaba abriendo paso en mi interior más rápido de lo que podía controlar.

De día, el cuarto de Marcos era más acogedor que de noche. Todo estaba perfectamente colocado y olía a limpio, como si alguien acabara de preparar la habitación al saber que iba a recibir visita.

Nada más llegar me puse algo tensa, y él pareció notarlo. Había unas prendas dobladas en la cama que habría preparado antes de salir a correr, así que las cogió y entró en el baño a darse una ducha rápida. Me dejó sentada en la cama, esperándole. Aproveché para echar un vistazo a las redes sociales. Era increíble el efecto que tenía pertenecer a la academia en todas las facetas de la vida. Alexia me había animado a ponerme pública la cuenta de Instagram y a empezar a subir contenido de vez en cuando. Gracias a eso, tenía a casi todos los chicos de Roca Negra dándome like y comentándome en cada foto o story que subía. Me parecía surrealista, sobre todo porque el uso que le daba a esta red seguía siendo *amateur* y se basaba en compartir lo que ella me indicaba.

Aproveché el rato para subir una selfi que me había hecho hacía unos días, en un descanso del estudio. El sol estaba en una posición perfecta para que mi pelo saliera como recién peinado en una peluquería de lujo. Y como siempre, el retoque de Alexia había hecho maravillas con el color.

—¿En qué estás pensando?

Marcos salió del baño con una camiseta de tirantes gris y un pantalón de deporte corto que le dejaba los muslos al descubierto. ¿Cómo podía tener ya ese cuerpo?

—En nada, estaba subiendo una foto a Instagram. —Mientras le hablaba, se sentó a mi lado.

—¿Puedo verla? —Desbloqueé el móvil y se la enseñé. Había puesto de *copy* dos emojis de un sol—. Estás guapísima.

—Muchas gracias —contesté con timidez.

Las mejillas volvieron a encendérseme. Tenía una facilidad apabullante para ponerme nerviosa.

—Bueno, como siempre, la verdad. Estás guapísima en todas las fotos que subes… —Me acarició el lado derecho del pelo al decirlo—. Y en persona eres aún más guapa, si cabe.

No supe qué responder, pero le miré a los ojos con una media sonrisa y esperé hasta que se acercó a besarme. Posó sus labios en los míos con suavidad y, cuando noté su lengua abriéndose paso para tocar la mía, subí las manos hasta su cuello. Su olor me embriagó y sus manos me rodearon la cintura. Me tumbó de espaldas para estar más cómodos, y él quedó encima de mí.

Por instinto, mis manos fueron hasta la parte baja de su camiseta y se la quité con rapidez. Necesitaba sentir su piel. Él hizo lo propio con la mía y, tras pelear un poco con el sujetador, consiguió liberarme y acarició con suavidad uno de mis pechos. Continuó lamiendo el pezón, lo que me puso a cien.

—¿Estás bien?

—Estoy increíble —le dije al tiempo que me acercaba a besarle con pasión.

—¿Te apetece ir más allá? —me susurró mientras alargaba la mano hacia la mesita y cogía un condón.

Dudé, pero como respuesta le desabroché el botón del pantalón y volví a besarle para dejarle claro que estaba dispuesta a llegar hasta el final.

21

No todo en la academia eran fiestas, drogas y sexo. De hecho, las clases eran más exigentes de lo que en un principio pudiera parecer. A las alturas de curso en las que estábamos, era raro el día que no teníamos un examen sorpresa o que alguien no abandonaba el aula con un ataque de ansiedad tras recibir un suspenso. El ritmo era vertiginoso, y si no te adaptabas en primero el resto de los años lo tenías crudo.

Acabábamos de empezar un bloque nuevo de Derecho comercial que era bastante más difícil de lo que parecía, pero esa asignatura no me costaba. Me encantaban los supuestos prácticos y la aplicación de las leyes en función de los enunciados. Y si había que buscar jurisprudencia, me lo pasaba aún mejor. Siempre seré una friki...

Andrés, el profesor, era un catedrático que había trabajado quince años en Oxford, pero llevaba los últimos cinco dando clases en la academia. Era muy duro, aunque si atendías tenías la mitad del trabajo hecho. Cuando a un docente le apasiona la materia que imparte, se nota y hace que sea mucho más fácil estudiarla.

—Leonor, ¿puedo pedirte consejo?

Ese día Andrés nos había puesto por parejas y me había tocado con Calvin.

—Claro, lo que sea. —Estaba tan metida en el supuesto práctico que apenas levanté los ojos de los apuntes.

—Quiero disculparme con Harper —dijo Calvin.

Esa frase bastó para sacarme de mis pensamientos. De repente, el derecho comercial se había convertido en algo que podía esperar.

—¿Lo has comentado con Alexia? —Imaginaba la respuesta, pero quería estar segura.

—No. Y me aterra decírselo. Ya sabes cómo se pone si alguien le lleva la contraria... Me gusta mucho, pero no me parece bien lo que le hicisteis a Harper. Y por lo poco que te conozco, me apuesto lo que sea a que tú también te arrepientes de lo que pasó.

Tenía razón. Le había dado muchas vueltas al asunto y no era capaz de librarme de los remordimientos. Además, hacerle algo así a una chica siempre me había parecido rastrero, sin importar lo que ella hubiese hecho antes. Hay muchas formas de vengarse.

—Vale, tienes razón, deberías hablar con ella. Pero ¿qué quieres de mí?

—Necesito que me cubras. Esta tarde he quedado con Harper en mi habitación y tendrías que hacer guardia por si viene Alexia.

—¿Ya has quedado con ella? ¿Por qué siempre dais por hecho que voy a ayudaros?

—Porque es tu forma de ser, Leonor. Te gusta ayudar a los demás.

A lo mejor estaba cansándome de que todo el mundo se aprovechara de mí...

Al acabar las clases, tanto Calvin como yo nos inventamos una coartada. Él iba a tener una llamada con su familia, y yo supuestamente había quedado con Marcos para dar una vuelta por los alrededores de la academia. Sabía que Alexia no se sumaría a un plan con Marcos. Estaba obsesionada con que me lo tirara. Y yo me guardaba para más adelante el as en la manga de que ya lo había hecho.

Harper no tardó en llegar. Al verme en la puerta, reculó e hizo amago de irse.

—Espera, no es ninguna encerrona. Calvin está dentro. Solo estoy aquí por si aparece Alexia.

—No sé si creerte, la verdad.

—¿Te quedas más tranquila si le digo que salga?

—Pues sí.

Me acerqué a la puerta y llamé con los nudillos. A los pocos segundos, Calvin abrió y la cara de Harper cambió. No confiaba en mí, pero sí en él. Antes de que entrara, le dije unas palabras que me quemaban en la punta de la lengua:

—Quiero decirte que siento mucho lo del otro día. Te lo digo de corazón.

Su gestó no mostró expresión alguna y entró en la habitación sin decir nada. Pero no me importó. Era algo que necesitaba expresarle.

Cerraron la puerta detrás de ellos y me quedé en el pasillo como un adorno, sin saber qué hacer. No podía ponerme a mirar el móvil porque me distraería, pero tampoco quedarme ahí sin hacer nada porque, seamos francos, sería raro y llamaría la atención de la gente que pasara por allí.

Rezaba para que esos dos acabasen pronto. ¿Cuánto podía tardar alguien en disculparse por algo que no había hecho? ¿Cinco minutos? ¿Diez? Esperaba que no fueran más. Al fin y al cabo, todas las habitaciones estaban en el mismo pasillo y Alexia podía aparecer por allí en cualquier momento. De hecho, era un detalle en el que no me había parado a pensar cuando me presté a ayudar a Calvin. Y ese detalle empezó a preocuparme cuando fui consciente de la posibilidad.

—Leo, ¿qué haces ahí? —Por supuesto, Alexia apareció. La vida no me daba ni un minuto de tregua.

—Esto… nada, la verdad. Acabo de llegar e iba a la habitación.

—Pero si llevas ahí un rato… De hecho, al principio no estaba segura de que fueras tú… —Se estaba acercando peligrosamente a la zona cero.

—Qué va, tía, me habrás confundido. Acabo de llegar.

—¿Me estás vacilando? Mira, paso. Si no me quieres decir qué haces aquí es tu problema. Vengo a ver a Calvin. Luego me cuentas qué tal con Marcos.

—¡No!

—Bueno, pues no me lo cuentes, haz lo que quieras. Estás rarísima.

—No, no puedes entrar.

La intercepté con tiempo suficiente como para ponerme entre ella y la puerta de la habitación de Calvin, y di un ligero golpe con el talón, como habíamos acordado.

—¿Intentas cortarme el paso? ¿Qué coño te pasa, tía? Estás rarísima.

—Calvin está en una llamada importante. No puedes molestarle.

—No voy a molestarle, voy a quedarme en la cama hasta que acabe. Además, ¿a ti qué coño te importa? Deja de meterte en mis asuntos.

—Alexia, en serio, no puedes entrar.

—Leonor, repito, deja de meterte en mis asuntos.

—Alexia, no entres.

—¡Que te apartes de mi camino! —Y de un empujón me apartó a un lado. La verdad es que la tía tenía más fuerza de lo que parecía.

Tardó unos segundos en posar la mano en el picaporte y sacar una tarjeta del bolsillo. No tenía ni idea de que tuviera una copia de la de la habitación de Calvin. Se notaba que mi actitud le había preocupado y que se había dado cuenta de que pasaba algo. Pero estaba segura de que ni en un millón de años se esperaba lo que vimos, porque ni yo me lo hubiera imaginado. ¿Calvin besando a Harper?

22

No tuve más de un segundo para asimilar lo que estábamos viendo y ponerme entre Harper y Alexia. Sabía que no hacerlo significaba que en un pispás se podía desencadenar la Tercera Guerra Mundial. Los ojos de Alexia estaban inyectados en sangre y tenía la boca entreabierta, supongo que para digerir lo que acabábamos de presenciar. Entonces Calvin pronunció las únicas palabras que podían empeorarlo todo:

—No es lo que parece.

Como activada por un resorte, Alexia se abalanzó hacia delante, dispuesta a derribar lo que hiciera falta para llegar hasta su presa. De pronto, Harper y ella se habían convertido en dos leonas defendiendo su territorio. Y era una batalla que no me apetecía presenciar, al menos hasta final de curso.

Los acontecimientos se sucedieron con rapidez. Intenté sujetar a mi amiga mientras Calvin hacía lo mismo con Harper. Algo me dijo que eso iba a enfurecer aún más a Alexia.

Empezaron a gritarse y a insultarse de las formas más rastreras que había oído jamás, y llegó un momento en que Alexia logró escabullirse de mi agarre. Lo siguiente fue que Calvin se hizo a un lado, viendo que no podía evitar lo que estaba a punto de suceder. Ambas cayeron al suelo con un golpe sordo que me dolió hasta a mí, y las manos empezaron a volar de una a la otra. Seguían insultándose mientras se tiraban del pelo, se daban puñetazos y rodaban por el suelo. Siempre había odiado las escenas de chicas pegándose en las películas, pero en persona eran peores. En el instituto había tenido encontronazos con compañeras, pero nunca habíamos llegado a las manos. La violencia era la última opción. Como lo de Harper en el baño, que no me había dejado otra. Y encima me arrepentía de haber dejado que aflorase esa parte de mí.

—¿Qué está pasando aquí?

Alguien se había hecho eco de las voces y los gritos, y venía a poner orden. Al darme la vuelta, Juls pasó a mi lado como una exhalación, directo a separarlas.

A pesar de su aparente corpulencia, el profesor de Deporte necesitó que Calvin y yo le echáramos una mano para sujetar a las dos bestias que estaban midiendo sus fuerzas. Con una mirada nos indicó que cogiéramos a Alexia mientras él levantaba a Harper, que en ese momento estaba encima de ella con un mechón de pelo en la mano. Me acerqué a tranquilizar a mi amiga. Tenía un arañazo en la mejilla y los ojos rojos, con las lágrimas a punto de correr por sus mejillas. Calvin hizo lo mismo y comenzó a susurrar algo al oído de Harper que no llegué a oír por el *shock*. Ella estaba tan bloqueada que no se movió.

—Los cuatro, a dirección. Se acabó. —Las palabras de Juls fueron categóricas.

Ir de nuevo al despacho de Jimena fue una de las situaciones más incómodas en las que me había visto desde que llegué. Los cinco guardamos un silencio sepulcral. Harper y Alexia estaban cada una en una punta, pero se notaba que no había acabado, que era el final del primer acto de una gran obra de teatro.

—¿Vosotros aquí?

¿Qué hacía Marcos esperando para entrar en el despacho de su madre? ¿Era sangre lo que le caía de la ceja? ¿Y era Raúl el que estaba a su lado con el labio partido? Ese día no podía ser más surrealista.

—¿Estás bien?

Me acerqué a Marcos y Raúl. Este último pensó que iba a hablar con él, pero pasé de largo y me acerqué a ver la ceja del primero. La cara de Raúl me partió un poco por dentro, pero estaba muy raro conmigo y empezaban a cansarme sus tonterías.

—Sí, no te preocupes. A Raúl se le ha ido la olla y nos hemos enzarzado un poco. Nada que no cure una tirita. —Tenía razón, la herida era superficial.

—Madre mía, solo falta Lucas para que estemos todos —dije para rebajar la tensión del ambiente.

En ese momento, el recién nombrado salió del despacho de Jimena y se acercó a nosotros.

—De hecho, de no ser por Lucas, estas heridas no serían superficiales. Raúl ha perdido los papeles —me dijo Marcos al oído.

—¿Qué hacéis todos aquí? No ha sido para tanto, ¿eh? —Después de fijarse en la cara de Harper y Alexia, añadió—: Joder, otras dos que han pensado que esto es la WWE.

Me hizo gracia, pero al parecer fui la única que se rio.

—¿Qué os pasa? Hacía muchos años que no teníamos un primero tan rebelde... —Jimena había sacado medio cuerpo fuera del despacho—. Gracias, Juls, puedes irte. Yo me encargo.

Jimena Sorní nos fue llamando de uno en uno para que entráramos en el despacho y contáramos lo que había pasado. Recalqué que yo era inocente. Una vez más, por tonta me había visto involucrada en una pelea que no tenía nada que ver conmigo. Pero mis palabras no atravesaron su coraza.

En cuanto hubo hablado con nosotros de manera individual, nos hizo entrar a todos. El despacho no se había diseñado para recibir a tanta gente, así que estábamos un poco apretados. Y comenzó a hablar:

—Me avergüenza vuestra conducta. ¿Violencia? ¿Acaso aquí se os enseña a lidiar con la vida usando la violencia? —Su silencio tras estas palabras nos dejó reflexionando—. Pero una persona me ha defraudado más que el resto... —Sus ojos fueron pasando de uno a otro. Cuando

Jimena Sorní clavaba su mirada encendida sobre la tuya, conseguía que te replantearas toda tu vida. Al final miró al que menos esperábamos—. Marcos, estos chicos son tu responsabilidad. Su adaptación está en tu mano y, por lo que sea, estás fallando.

—Pero, mamá...

—No hay pero que valga, Marcos. Puede que me haya equivocado al hacerte mentor. Quizá esta labor supera tus capacidades. —Esas palabras rompieron el ego de Marcos en mil pedazos—. Os doy una última oportunidad, pero si esto sigue así acabaré tomando cartas en el asunto. Y no dudaré en mandaros de vuelta a casa.

23

El día de la nevada

El tiempo pasa, y a pesar de encontrar algún que otro hilo del que tirar, Alicia Ferrer siente que está en un callejón sin salida. Las carreteras siguen cortadas por culpa de la nieve, y el bloqueo empieza a hacer mella en ellos. La comisaria siempre ha sido una persona de acción, y no poder coger el coche y plantarse en Roca Negra le parece insoportable.

Carol e Ainhoa la han llamado a mitad de camino para que no se preocupe. Su viaje está siendo largo pero animado, y en breve pararán a comer algo en un restaurante de carretera. Alicia daría lo que fuera por un menú del día disfrutado con su familia en vez de estar encerrada entre esas cuatro paredes sin pistas en las que indagar.

Hay días en los que tu profesión te supera, y para Alicia ese está siendo uno de ellos. Por lo general, ama su trabajo. Le encanta darse a los demás y vive por y para la adrenalina. Pero como bien ha dicho su compañero al empezar la jornada, comienza a pensar que esto les viene grande. Sabía que lo de Roca Negra traería cola, pero no ha sido consciente de la magnitud del caso hasta que ha empezado a recibir llamadas de las centrales de Madrid y Barcelona presionándola. Las altas cúpulas tienen el ojo puesto en su pequeña comisaría, y ellos están dando el cien por cien. Solo espera que sea suficiente.

Ha intentado ponerse en contacto con la academia para pedir más información sobre los alumnos que se han quedado encerrados, pero no ha habido forma de que le cojan el teléfono. Las líneas no están caídas, así que Alicia teme que les estén haciendo una especie de *gatekeeping*. Y todo le empieza a parecer muy raro.

Al no contar con más detalles del alumnado por parte de la academia, han comenzado a tirar de internet. Si algo bueno tienen las escuelas de alto prestigio es que resulta más fácil de lo que parece acceder a información sobre sus estudiantes. Quitando algún caso aislado, con la mayoría de los nombres que introducen en Google aparecen suficientes entradas como para ampliar los perfiles que están trazando: datos sobre sus progenitores, su pasado, alguna que otra red social y más escándalos de los que cabría esperar.

—Creo que tengo algo —comenta Pablo—. Y como esté en lo cierto, es gordo.

—A ver, ilumínanos. Necesito salir de este hoyo de desinformación.

—Al parecer, entre los alumnos de primero se encuentra parte de la descendencia de una persona bastante conocida por la policía.

—¿Por qué lo dices así? —pregunta Alicia con una sonrisa en la cara.

—Porque llevamos un montón de horas aquí encerrados y necesito distraerme. ¿Quiere que siga con el juego o se lo digo directamente?

Alicia nota avergonzado a su compañero, así que, a pesar de querer saber ya lo que ha descubierto, decide darse unos minutos de receso.

—No nos viene mal desconectar un ratito. Venga, continúa.

—¿Le suena que hace unos años hubo en Ourense una serie de reyertas muy sonadas? El tema central fue el tráfico de drogas en la zona y varios ajustes de cuentas que se les fueron de las manos a los narcos. En ese momento el país estaba tranquilo, el caso llegó a la televisión nacional y sembró el pánico, claro.

—Recuerdo que se puso en busca y captura a algún que otro malnacido, pero que no llegó a buen puerto. A pesar de encontrar ingentes cantidades de cocaína en el piso de uno de los supuestos culpables y tener un montón de pruebas para empapelarlos, como siempre que pasa algo con este tipo de bandas, el tema se acabó acallando.

—Exacto. La veo muy puesta, señora comisaria.

—Nunca subestimes a una persona que ama su trabajo —dice ella entre risas—. Venga, continúa.

—Si ya sabe todo esto, conocerá también que al cabeza

de uno de esos grupos se le conocía como El Piojo porque era bajito pero duro de pelar. Una vez que le echaba el ojo a algo, no le quitabas esa idea ni con vinagre.

—¿Uno de los hijos de El Piojo estudia en la academia Roca Negra?

Con un movimiento seco de muñeca, Pablo deja caer frente a Alicia una fotocopia de un artículo acompañada de una fotografía en la que se ve a tres personas. Y está segura de que una de esas caras la ha visto buceando entre los expedientes. Y también de que está encerrada por la nieve entre las paredes de la academia Roca Negra.

24

Dos meses antes del día de la nevada

Esa mañana nos despertamos con la noticia de que uno de nuestros compañeros de clase había decidido abandonar la escuela. Por la reacción de los profesores, parecía que pasaba cada año. No todo el mundo era capaz de seguir el ritmo y, a medida que avanzaba el curso, las tensiones estaban más a flor de piel.

El bloque de asignaturas que estábamos empezando era muy duro. Teníamos más horas lectivas cada día y de un nivel de exigencia mayor. Comenzaba a agobiarme, pero no iba a permitir que se me notara. Ya habíamos llamado la atención lo suficiente por ser el grupo más problemático...

Estadística me estaba resultando más dura de lo que pensé en un inicio. La verdad es que siempre me habían gustado las matemáticas, y calcular las probabilidades de que saliera un número u otro al tirar un dado me parecía interesante. Pero estábamos llegando a un nivel de tablas y fórmulas difícil de seguir. Supongo que también debían influirme las noches en la Gruta y que cada vez pasaba menos horas estudiando y más con el grupo montando planes. Bueno, todos los que se podían al estar internados en el complejo.

—¿Puedo salir un momento? No me encuentro bien —La verdad es que ese día Harper no tenía buena cara.

—¿Qué te pasa?

La profesora de la asignatura se llamaba Aurora. Era alta, delgada y llevaba una melena rubia que le caía dulcemente sobre los hombros. Por su aspecto, nadie se imaginaría su velocidad para llenar la pizarra de fórmulas ininteligibles.

—Nada, cosas de chicas. Solo necesito ir un momento al baño.

—¿Quieres que te acompañe alguien? Estás un poco blanca, la verdad. ¿Has desayunado?

—Esta lleva sin comer desde hace un mes, al menos.

¿Ahora Alexia hacía bromas sobre la anorexia? Se estaba pasando tres pueblos, pero no me atreví a decirle nada. Sonreí con timidez y volví a meter la cabeza en los apuntes.

—No te preocupes, vuelvo en unos minutos. Solo necesito beber agua y airearme.

Harper salió de clase, pero por un motivo que no lograba entender, estaba más nerviosa de lo habitual. Y eso me puso en alerta. Quizá era una corazonada, pero sospeché que estaba tramando algo y no me apetecía que se saliera con la suya, así que pasados unos minutos usé la misma técnica que ella.

—¿Qué pasa? ¿Se os ha sincronizado a la regla o qué?

—Estamos todo el día juntas. Es lo único que queda por sincronizarse...

Alexia siempre tenía que poner la puntilla. Si no fuera una estudiante de matrícula, los profesores la odiarían. Bueno, seguro que más de uno le tenía manía.

—Venga, ve. Y comprueba si Harper está bien, que ya ha pasado un rato desde que se ha ido.

Salí de clase y nada más cerrar la puerta aceleré para llegar al baño lo más rápido que pude. Como me imaginaba, no había ni rastro de Harper. Si hubiera estado volviendo al aula me la habría cruzado; no tendría sentido que hubiera dado la vuelta al edificio. Cuando llegué al pasillo, oí ruido en una de las salas de ordenadores, como si alguien estuviera imprimiendo algo, así que me escondí hasta que salió. Y sí, era ella. Iba cargada con un montón de folios y llevaba cara de diablo.

—¿Qué haces? ¿No ibas al baño? —Dio un respingo al verme.

—No te importa, déjame en paz.

—¿Qué era eso tan importante que debías imprimir como para hacerlo durante la clase?

—Te he dicho que me dejes en paz.

Se estaba poniendo nerviosa. Se acercó los folios al pecho, con la mala suerte de que uno se le resbaló y fue a parar a mis pies. Al cogerlo, me quedé boquiabierta al darme cuenta de lo que era: el certificado de nacimiento de Alexia. Pero en él figuraba otro nombre. Y otro sexo.

—Alucino. Esto es lo que fotografiaste en el despacho de Jimena. Eres muy rastrera, Harper. No te saldrás con la tuya.

Con las mismas, echó a correr hacia la clase. Salí tras ella y llegué a su altura justo antes de que tocara el picaporte.

Comenzamos un tira y afloja. Vi en su cara que no iba a ponérmelo fácil, pero no podía consentir que le hiciera eso a Alexia. Aunque siempre tuvimos claro que no íbamos a filtrar las fotos, nos habíamos pasado. Pero aquello no tenía nombre. Era un golpe muy bajo, hasta para ella.

El timbre sonó y nos quedamos en silencio mirándonos a los ojos. La puerta de la clase se abrió, y yo estaba demasiado cerca de ella, tanto que me dio en la espalda y me hizo perder el equilibrio. Los folios volaron por encima de nuestras cabezas y cayeron al suelo. La gente no entendía qué pasaba, pero nadie quería quedarse sin lo que fuera ese papel. Al darme la vuelta vi que la cara de Alexia cambiaba en un segundo cuando se dio cuenta de lo que era. La miré a los ojos como pidiéndole perdón. Había hecho todo lo posible por evitarlo, pero esa vez Alexia no se convirtió en un arma cargada a punto de dispararse. Rompió a llorar y se fue corriendo seguida de Calvin, lo que provocó que la que se convirtiera en un arma fuera yo y me lanzara con todas mis fuerzas contra Harper.

Si no llega a ser por que Raúl me levantó en volandas y me alejó de allí, creo que la habría matado.

Raúl cargó conmigo hasta que llegamos a su habitación. Intentaba soltarme, pero él era más fuerte de lo que parecía. Nos tocaba clase de Deporte, así que tenía que cambiarse. Sin embargo, no quiso arriesgarse a bajarme hasta que no estuvimos suficientemente lejos de Harper. Sabía que deseaba darme la vuelta e ir a arrancarle la cabeza.

Me sentó en la cama y me miró a los ojos para tranquilizarme. Notaba la sangre hirviendo en las venas. Todo mi cuerpo estaba preparado para pelear. Necesitaba cogerla de los pelos y arrastrarla por el suelo. ¿Cómo se atrevía a hacerle eso a mi mejor amiga?

—¿Tú sabías que Alexia...?

—No. Y me da igual. —No estaba dispuesta a hablar de ello. Era un asunto privado, y nosotros ni pinchábamos ni cortábamos.

—No, no, si no me importa. Solo me preguntaba si te lo...

—Raúl, de verdad. No tenía ni idea. Y seguir hablando de ello solo hace que sienta más ganas de levantarme e ir a por esa...

No llegué a acabar la frase. Antes de eso, Raúl lanzó su boca hacia la mía y me besó como llevaba esperando meses que hiciera.

Muy despacio, separó la cara y nos miramos a los ojos durante unos segundos que me parecieron eternos. Luego le besé yo con más pasión. ¿No empezaba a sentir algo por Marcos? ¿Y Raúl no estaba distante desde hacía un tiempo? No entendía nada, pero sabía que era imposible que nuestros labios se separaran.

Le quité la camiseta con rapidez y empecé a mordisquearle el cuello, detalle que encendió una risa pícara en él. Me levantó en volandas a la vez que me cogía en brazos. Abracé su cintura con las piernas y me sentó en el escritorio. En ese momento su cuaderno cayó al suelo y la foto de la chica misteriosa volvió a aparecer, lo que acabó con toda la magia.

—Bueno, deberías irte. No creo que quieras llegar tarde a clase —soltó de sopetón.

Me había quedado algo aturdida tras los besos, pero no podía apartar los ojos de la foto mientras él la recogía del suelo.

—¿Quién es? —Él no respondió. No supe si no se atrevió o si simplemente me ignoró—. ¿Es tu novia? ¿Por eso has dejado de besarme?

—No te preocupes, Leonor, esta chica ya no está en mi vida. —Tras esas palabras se acercó y me besó en los labios una última vez—. Ve a cambiarte, nos vemos en clase.

Claro, como si fuera fácil olvidar esa foto. Era la segunda vez que veía esa cara. Y la segunda vez que Raúl cambiaba de actitud al entrar en juego ese dichoso cuaderno. Lo tenía claro, debía hacerme con él y descubrir los secretos que escondía.

25

Cuando llegué a la habitación me encontré a Alexia y Calvin hablando. Por lo que me dijeron, él ya conocía el secreto de Alexia y esa era una de las razones por las que ella confiaba tanto en él. Era el primer chico con el que se sinceraba y no salía corriendo. Estaban perdidamente enamorados.

Él le había aconsejado contárnoslo y actuar con normalidad cuando se supiera. No quería que viviera con miedo u ocultándoles eso a sus amigos. Tras la conversación que habían mantenido, Alexia estaba bastante más calmada. Me alegró verla así, aunque no tuviera tiempo de comentarle lo que acababa de pasar. Entre los tres decidimos que lo mejor que podía hacer era ir a la siguiente clase como si nada hubiera pasado. Pusiera lo que pusiera en ese certificado, Alexia era la mujer que tenía delante, eso no se podía negar. Y queríamos que se sintiera orgullosa.

Al llegar al gimnasio, todas las miradas se posaron en nosotros, pero la actitud y el aura de confianza de Alexia cortaron de raíz cualquier comentario. Ni siquiera Harper se atrevió a decir algo. Creo que estaba aterrada, esperando el siguiente golpe.

Ese día Juls nos explicó que nos tocaba un partido de balón prisionero. No entendí la finalidad de ese juego: dividir la clase en dos equipos y hacer que intenten darse con una pelota. ¿Nos estaban enseñando a esquivar los ataques de nuestros compañeros? ¿Era una metáfora de la vida, en la que no puedes descansar ni un minuto? ¿O Juls era un poco sádico y le gustaba vernos sufrir? A juzgar por sus risas, diría que una mezcla de las tres posibilidades.

Lucas y yo lo pasábamos muy mal jugando a ese tipo de juegos. A mis compañeros se les daban bien, pero él y yo éramos torpes, por eso siempre nos eliminaban los primeros.

—¿Con quién hablas tanto? —le pregunté a Lucas, que acababa de sacar el móvil para contestar a una conversación de WhatsApp bastante larga.

—Con un amigo de mi barrio. Le ha dejado su novia y está bastante rayado. —Su tono no fue muy convincente y guardó el teléfono con rapidez, pero no entendí por qué tenía que mentirme, así que le creí.

Tras dos partidas, íbamos empatados, pero los golpes eran cada vez más salvajes. Yo había sido capaz de esquivar la mayoría, solo recibí un impacto en las costillas y otro en la pierna, pero mis compañeros eran más brutos de lo que parecía. Sobre todo, Alexia, que lejos de haber olvidado lo que había pasado la hora anterior, aprovechó para ir a por Harper. Hasta que consiguió darle en la nariz. El golpe fue más fuerte de lo que debería y comenzó a sangrar al momento. Con la cara hecha un amasijo de sangre y lágrimas, se lanzó y le dio un sonoro tortazo a Alexia, al que esta contestó con otro de igual calibre, cargado de rencor. Varios alumnos intentaron separarlas, entre ellos Calvin y Raúl. Y cuando Juls se acercó, aquello volvía a ser una selva. Cansado de esas actitudes, les obligó a ir al despacho de la directora.

Juls dio la clase por terminada y mientras los acompañaba nos dijo que fuéramos a las duchas.

¿Y dónde estaba yo? Corriendo hacia el vestuario. Con ese revuelo, era el momento perfecto para esperar a que todos se ducharan y colarme a por el cuaderno de Raúl.

El de los chicos estaba bastante más revuelto que el nuestro y despedía un olor un tanto extraño. Demasiadas hormonas pasaban por ahí a diario. No sabía cuánto tiempo tenía hasta que Juls o alguno de los otros alumnos que habían mandado a ver a Jimena volvieran a por sus cosas, así que empecé a buscar por las taquillas con rapidez. Desde el primer día, me había llamado la atención el tamaño de esos armarios; estaba segura de que cabría dentro en uno de ellos sin esforzarme mucho. Como en el vestuario de las chicas, las taquillas no tenían candado ni nada que las cerrara. Al parecer, daban por hecho que los ricos no se robaban entre ellos. Al fin y al cabo, todos teníamos casi lo mismo.

No me costó encontrar la de Raúl. Por lo que vi, estaba al lado de la de Calvin y Lucas, como cabría esperar. Todos teníamos la misma mochila, pero intentábamos personalizarla como podíamos. Y la academia no nos lo impedía. Supongo que enseñarnos a ser únicos formaba parte de lo que buscaban. La de Raúl tenía un par de chapas con frases de series que me sabía de memoria. Al abrirla, encontré lo que buscaba: el cuaderno.

Lo primero que vi fue la foto. No podía con esos ojos. ¿Quién era esa persona? Un ruido en la puerta me puso en alerta y lo único que se me ocurrió fue meterme en la taquilla. No era la idea del siglo, pero me serviría para pasar desapercibida. Por suerte, no había ropa sudada, porque eso le habría restado encanto a Raúl. Espera, ¿y si era él quien había entrado?

Por la rejilla vi que se trataba de Juls, lo que me hizo suspirar en silencio. Solo tenía que esperar a que se fuera. Pero en ese momento se quitó la camiseta y entendí que iba a darse una ducha. Genial, esperaría a que estuviera bajo el agua y saldría sin hacer ruido. De repente se dio la vuelta y miró hacia la puerta, como esperando algo. Entonces me di cuenta de que ese torso ya lo había visto.

¿Podría ser? No, imposible. Sí, sí, lo era. Ese tatuaje tribal era inimitable. Estaba delante del Emperador. ¿Juls había sido el Emperador todo este tiempo? Increíble. Tenía que contárselo a Lucas.

O quizá no, teniendo en cuenta que este entró en los vestuarios, se lanzó a los brazos de Juls y se fundió en un beso sin fin. ¿Eran los mensajes que había estado contestando en clase? Al recordarlo me di cuenta de que Juls también había ido mirando el móvil de vez en cuando. ¿Cómo había sido tan ingenua? ¿Y cómo no me lo había contado Lucas? ¿Tan ausente había estado con todo lo de Harper y Alexia que había dejado de hablar conmigo? ¿O es que no confiaba en mí? A juzgar por los besos y caricias que presencié, llevaban un tiempo viéndose y sabían cómo encenderse. Era surrealista y me sentía fatal por estar cotilleando aquella escena, pero no era capaz de apartar los ojos. Llegado el momento, tras una mirada cómplice, se desnudaron y se metieron en las duchas para seguir lo que habían comenzado. Y cuando empezó a correr el agua, salí de la taquilla con el cuaderno en la mano y la mente llena de preguntas.

26

Aquella tarde Harper no pudo asistir a la mentoría. Por lo que me contaron, Jimena estaba con un cabreo monumental por volverlos a ver allí, pero consiguieron vender la situación como una lesión durante la clase, lo que condujo a que no hubiera ningún tipo de represalia. Pero la nariz de Harper no tenía buena pinta, así que, tras pasar por el médico de la academia, decidieron que era mejor trasladarla al hospital más cercano.

Todo eso me lo contaron Alexia, Calvin y Raúl al toparme con ellos nada más salir del gimnasio, por lo que mis intenciones de meterme de lleno en el cuaderno se vieron frustradas. Entraron en el vestuario a por sus cosas, y por un segundo pensé que pillarían a Juls y a Lucas, pero al parecer eran bastante menos cotillas que yo y ni siquiera repararon en quien estaba duchándose a esas horas, cuando la clase ya había terminado hacía rato y teníamos tiempo libre. Decidieron coger sus cosas y ducharse en la habitación; ya habían perdido bastante tiempo en el despacho de Jimena. Raúl me preguntó por Lucas, pero le dije que no tenía ni idea de dónde estaba, que me sonaba haberle visto salir de clase al terminar. Por su cara, me compró la mentira.

La tarde se me pasó volando. Después de lo sucedido por la mañana, Alexia quería abrirse y contarme todo lo que había estado guardado desde que nos conocíamos. Le repetí varias veces que no era necesario, pero me encantó que confiara en mí. Sentí un vínculo con ella que jamás había notado. Pero eso impidió que leyera tranquila el cuaderno. Y cuando quise darme cuenta, nos teníamos que preparar para la mentoría. Encima, después de la reunión había fiesta en la Gruta, una fiesta de la espuma. No tenía claro cómo iban a hacerlo ni cómo iban a limpiarlo todo después, pero estaba intrigadísima. Supuse que la academia no era tan ajena a todo lo que se cocía allí dentro como nos habían hecho creer, aunque quisieran guardar las apariencias vendiendo ese discurso de institución estricta y concienciada con la conducta y la educación de sus estudiantes.

Como Harper era la única que no podía venir, los demás acudimos juntos a la mentoría. Marcos no estaba de buen humor. Su madre había vuelto a darle un toque por lo que había pasado ese día en clase y nos pidió explicaciones. No supe si las excusas de Alexia funcionaron, pero pareció quedarse satisfecho cuando le prometimos que no volvería a pasar. A esas alturas yo ya sabía que la guerra entre Alexia y Harper era incontrolable. Y no ayudaba que el resto se quedara al margen y no hablara.

—Se acabó el drama, he conseguido algo que os levantará la moral —dijo Lucas mientras sacaba tres bolsitas del bolsillo, una con pastillas rosas y otras dos con un polvo blanco.

—Lucas, eres nuestro salvador, de verdad. Me ha sido imposible conseguir nada, y pensaba que hoy nos quedábamos a dos velas... —Calvin, lejos de cogerle miedo después de su susto, seguía consumiendo igual o más.

—Esta vez sí que paso, chicos. Además, estoy algo rayada con el tema después de lo que le sucedió a Calvin la otra noche.

—Venga, Leo, deja de ser así. También tengo para Marcos, no voy a excluirle —dijo Lucas tras intercambiar una mirada cómplice con él.

—De verdad, no me siento cómoda.

—Leo, no es para tanto. ¿Cuánto te tomaste la última vez?

—Dos cuartos —contesté tras pensarlo unos segundos.

—Y no estuvo mal, ¿verdad? —Por la mirada que me echó Marcos, supe que se refería al beso que le di en la pista. Definitivamente, sabía cómo convencerme.

—A ver, es que... No me gustan estas cosas, no lo entendéis...

—¿Qué hay que entender?

Me estaba metiendo en terreno pantanoso.

—Siempre he sido muy crítica con estas sustancias y me parece hipócrita ahora...

—Venga Leo, un cuarto. Piensa que luego vamos a estar tan a lo nuestro que ni nos acordaremos de darte el resto.

Iba a ceder de nuevo, increíble. ¿En quién me estaba convirtiendo? Tras unos segundos, afirmé con la cabeza y, una vez convencida, dejé de ser el centro de la conversación. Bueno, Marcos y Raúl seguían mirándome, pero a eso ya me había acostumbrado.

Como la última vez, partieron las pastillas en trocitos, y mientras Lucas se acercaba a mí para darme uno, el corazón no dejaba de latirme a más revoluciones de las permitidas. Volvía a caer en la trampa. Y una que conocía muy bien. Estaba haciendo el idiota.

Por suerte no me insistieron en tomar los polvos blancos, pero ellos empezaron a ponerse las botas. Aquella situación resultaba grotesca, como si estuviera observando a unos animales en su hábitat natural a través de un agujerito. No me sentía parte de todo aquello, estaba fuera de lugar, al menos hasta que la pastilla comenzó a hacer efecto. Y volví a notar que mi cuerpo volaba. Joder, qué difícil era seguir pensando que era malo con una sensación tan buena...

La Gruta estaba irreconocible ese día. Por suerte, no había espuma por todos lados, sino que habían habilitado una zona de la pista con una especie de cañones grandes que soltaban una espuma densa que, lejos de oler a limpio, apestaba a plástico. Aunque puede que fuera por los efectos de la droga... No tardé en tomarme un segundo cuarto. De perdidos al río, ¿no? Mi padre siempre decía que, si hacía algo, fuera hasta las últimas consecuencias. Aunque no sé si él era el mejor ejemplo para una situación como esa.

Todos estábamos magnéticos esa noche, pero por alguna razón Marcos desapareció al poco de entrar y hasta un rato después no nos comentó que uno de sus compañeros del comité no se encontraba bien y le había tocado cubrirle unas horas. No dejaba de sorprenderme que esa gente organizara las fiestas y trabajara mientras se celebraban. Se suponía que ese era el ecosistema: o te adaptabas o te ibas, pero no ibas a cambiarlo.

Con Marcos fuera de la ecuación, Raúl vio la oportunidad de pasar más tiempo conmigo. Tenía vía libre, porque Alexia y Calvin estaban a lo suyo y Lucas, tras recibir un mensaje en el móvil, se escabulló con una excusa barata. Me jugaba el cuello a que había quedado con Juls. Pero, bueno, que disfrutara de su romance mientras durara.

Raúl no intentó besarme ni una vez. Estuvimos bailando y riendo sin parar, tanto agarrados como separados, como si fuéramos dos amigos entre los que no sabes cuándo explotará la tensión y entonces no podrán evitar comerse.

En un momento dado le dije que tenía que ir al baño y accedió a acompañarme. Y ahí se desató la tormenta una vez más. Entré en mi lavabo y a los pocos segundos apareció Raúl lívido. Calvin volvía a estar inconsciente, esta vez sentado en uno de los inodoros, con la puerta cerrada.

Su primer impulso fue el mismo que el nuestro la última vez y tuve que reprimir sus deseos de pedir ayuda o llamar a una ambulancia. Una cosa es que sospechara que la academia estuviera al tanto de todo esto y consintiera con hipocresía todos los desmadres que se vivían en la Gruta y otra muy distinta, arriesgarme a que se nos acabara el chollo. O a que nos expulsaran.

Me costó convencerlo, pero al final conseguí que me escuchara. Me tocó acceder al habitáculo arrastrándome como pude por debajo de la puerta. Di gracias por no ser tan alta como Alexia, porque habría sido bastante más difícil. Una vez dentro, abrí para que Raúl me ayudara a levantar a Calvin de la taza.

Subirle a la habitación fue bastante más sencillo que la vez anterior, ya teníamos experiencia. No quisimos molestar a Marcos, pero Alexia, Raúl y yo fuimos más que suficientes para manejar la situación. De nuevo, ella decidió quedarse a pasar la noche con Calvin para cuidarle, por si pasaba algo.

Me sentía una mujer madura y una niñata a la vez. ¿Cómo podía ser aquello? Tras ese momento tan terrible, fuimos a mi habitación a hablar un rato y a relajarnos.

—Vaya movida. Me da a mí que este no va a aprender la lección, por muchas veces que le pase.

—¡Madre mía, nos hemos dejado a Lucas en la fiesta! —Mis pensamientos carecían de coherencia.

—Tranquila, no creo que Lucas siga en la Gruta. Digamos que tiene a alguien por ahí.

—¿En serio?

¿Cuánto sabía Raúl? ¿Sería consciente de quién era el Emperador y de que había vuelto a aparecer en la vida de Lucas?

—Comparto habitación con él. Estoy seguro. No sé quién es y él no quiere soltar prenda, pero está con alguien.

—Ahora me quedo con la intriga. Mañana mismo le dejo caer algo, a ver qué me cuenta.

—Pero no le digas que te lo he contado yo, que luego me dice que soy un pesado.

—Por supuesto que sí. Le soltaré: «Oye, Raúl dice que tienes novio. ¿Es verdad?».

—¡Ni se te ocurra! —exclamó mientras me agitaba el cabello, juguetón.

Estábamos de pie en mi cuarto. No sé si fue por la pastilla o por lo guapo que se veía con la luz de la luna que entraba por el tragaluz, pero me lancé a por sus labios y su respuesta también fue muy pasional.

Éramos incapaces de separarnos, como si la saliva del otro fuera lo único que nos mantuviera con vida en ese momento. Mis manos recorrían su cuerpo, desabotonándole la camisa y quitándole el cinturón mientras él hacía lo propio con mi ropa. En pocos minutos nos quedamos en ropa interior, pero no queríamos tumbarnos. Aún no.

Los besos de Raúl eran muy distintos a los de Marcos.

Al hijo de la directora le gustaba llevar la voz cantante, era más dominante. Raúl prefería ir a la par, como si fuéramos en paralelo. Era más bonito, la verdad. Al menos hasta que, por un triste accidente, le di una patada a la mochila y su cuaderno salió disparado. Su cara reflejó que se sentía traicionado.

—¿Qué coño haces con eso? ¿Has leído algo?

—Te prometo que no he tenido tiempo. Perdóname, sentía curiosidad. No pretendía decirle nada a nadie de lo que pusiera en él.

—Lo que hay aquí dentro no te incumbe, Leonor. ¡Prométeme que no has leído nada! —dijo mientras me sujetaba la muñeca con fuerza.

—Raúl, me haces daño. Suéltame, por favor.

—¿Qué coño está pasando aquí?

Genial, nos habíamos dejado la puerta abierta. Y de toda la gente que hubiera podido pasar por allí, el que estaba en mi recibidor era Marcos. Al instante, Raúl me soltó. Cogió el cuaderno y su ropa, y se fue sin mirarnos.

—Habéis desaparecido. Me han dicho que habían visto a Calvin muy pasado e intuí que habíais hecho lo mismo que la última vez. Quería saber cómo estabas, pero ya veo que bien. —Le noté enfadado.

—Marcos, no es lo que parece...

—Es justo lo que parece. Y no soy nadie para decirte nada porque no estamos saliendo. Pero me alegra saber que estas son las reglas del juego.

Luego fue hacia la puerta.

—No, Marcos, escúchame, por favor...

Pero el portazo que dio me indicó que era muy tarde para arreglar nada.

Y por eso odiaba las drogas, porque la gente se transforma. Sale una persona que vive oculta que se activa en momentos puntuales. Aparece el monstruo que llevamos dentro y no le importa destruir todo lo que le rodea. Lo tenía bastante claro.

27

Un mes y medio antes de la nevada

Se acercaba uno de los eventos centrales para los estudiantes de Roca Negra: la noche de Halloween. Era curioso que una fiesta que ni siquiera tenía que ver con la cultura española fuera la más importante, pero la academia era una institución internacional y había alumnos de todo el mundo. Además, como me enteré más adelante, era un momento metafórico: si los alumnos aguantaban hasta esa fecha, se daba por supuesto que se habían adaptado al ritmo de la escuela.

Al parecer, para celebrarlo, cada año había un despliegue de medios increíble. Si la Gruta era única cada semana, esa noche se convertía en un viaje. Estaba muy contenta con el disfraz que había elegido. Gracias a la cultura que me aportó la película *Chicas malas*, ya sabía que había dos tipos de disfraces para un día como ese. Yo me parecía más a Cady Heron que a Regina George, así que preparé un disfraz increíble de gemela de *El resplandor*.

Lo sé, ridículo que solo fuera una, pero me di cuenta tarde y no conseguí convencer a nadie para que se subiera a mi barco.

Mis padres y yo manteníamos una videollamada semanal, y últimamente les estaba mintiendo más de lo que me hubiera gustado. Sabía que no les haría gracia la espiral de autodestrucción en la que me estaba metiendo Alexia, sobre todo teniendo en cuenta que quedaba poco para que nos la ganásemos. Además, su relación con Calvin iba cada vez más en serio, por lo que empezaba a quedarme en un segundo plano y pasaba cada vez más tardes sola. Lucas llevaba su situación con Juls en el más absoluto silencio, pero cada vez le veía menos. Tampoco podía culparle, fui la primera que me alejé por Alexia. Y Raúl, Marcos y yo formábamos un triángulo bastante complicado. Me gustaban y me aportaban cosas, pero había fallado tanto a uno como a otro, y aunque parecía que los dos me habían perdonado, no todo había vuelto a su cauce. Empezaba a darme cuenta de que podía sentirme sola incluso rodeada de gente.

Estaba muy cansada de la situación tensa con Raúl, así que una tarde decidí ir a su habitación a hablar con él. Era inútil intentar quedar porque me daba largas todo el tiempo, de modo que preparé una encerrona. Lucas desaparecía cada tarde; no me costaría estar a solas con Raúl. En esa situación tendría que escucharme. Pero, como siempre, todo se torció. Poco antes de llegar a su cuarto, le vi salir muy alterado con el dichoso cuaderno en la mano, pero iba en dirección contraria. Menos mal, porque si no nos habríamos encontrado de frente y yo no tenía cabeza en ese momento para inventarme una excusa.

Sujetaba la libreta con fuerza mientras recorría decidido los diferentes pasillos del cuarto piso. ¿Qué tramaba? De lejos le vi girar hacia el pasillo de los alumnos de segundo y le seguí con cautela.

—Hola, Leo. ¿Qué te trae por aquí?

Mierda, había pasado por delante de la habitación de Marcos justo cuando a él le había dado por salir.

—Esto... nada. Daba un paseo.

La peor excusa del mundo, pero no podía apartar la mirada de Raúl. No quería perderlo.

—¿En serio? Vaya, cualquiera diría que venías a verme.

¿Por qué tonteaba conmigo si luego pasaba de mí? ¿Su ego no le permitía asimilar que no intentara recuperarle? Bueno, ni que hubiéramos estado juntos...

—Pues en realidad no. De hecho, tengo prisa —dije mientras intentaba alejarme, pero él se acercó y me agarró la muñeca.

—Venga, Leo, no mientas. A mí también me apetecía verte, la verdad. Pero estoy algo ocupado. ¿Te apetece que quedemos luego?

De la habitación de Marcos salieron unos ruidos que atrajeron mi atención. En ese momento, una de las mentoras apareció en la puerta poniéndose una camiseta y peinándose con la mano.

—Marcos, me acaba de escribir Marina. Ha discutido

con Peter y debo ir a consolarla. Lo malo de compartir habitación... —Al darse cuenta de mi presencia, me miró de arriba abajo y añadió con desprecio—: ¿Quién es esta?

—Nadie, una de las chicas de mi grupo de mentoría.

Marcos cambió de actitud al segundo y comenzó a tratarme como si fuera su hermana pequeña. ¿Siempre había sido así de gilipollas? Intentó acariciarme la cabeza, pero me aparté de forma brusca. No quería tenerle cerca por nada del mundo.

—Ah, vale. Bueno, nos vemos luego. —Y tras esa frase, le besó y se alejó por el pasillo.

—Vaya, no mentías al decir que estabas ocupado —dije sin poder reprimir el retintín en la voz.

En el fondo, la situación había sido más bien cómica. Nada mejor que darte cuenta de que alguien es imbécil para sobrellevar un corazón roto.

—Sí, pero me acabo de liberar. ¿Quieres pasar y vemos una película?

—Me vacilas, ¿verdad? No hay horas en el mundo para que me convenzas de entrar ahí.

—Las otras veces no te quejaste.

—Las otras veces estaba ciega. Pero por suerte esa chica acaba de quitarnos algo a cada uno. A mí, la venda de los ojos. Y a ti, la careta. Adiós, Marcos, tengo prisa.

—Pero...

No estaba acostumbrada a dejar a la gente con la palabra en la boca, pero he de admitir que era adictivo.

Retomé mi camino esperando pillar a Raúl, pero no

quedaba ni rastro de él. Di una vuelta sobre mí misma buscándole y a lo lejos me fijé en que la puerta que daba al pasillo de los profesores se cerraba lentamente, por lo que supuse que debía estar de camino a hablar con alguno de ellos... A no ser que se hubiera dado cuenta de que le estaba siguiendo y me hubiera dado esquinazo. Bueno, la única opción era acercarme a esa zona. Como no tenía nada que perder, me dirigí hacia allí. Dejé atrás el pasillo de los de segundo y crucé las puertas que daban a los cuartos del profesorado.

Aquella zona era muy diferente a la nuestra. La decoración era algo más moderna y había cuadros en las paredes, pero los tragaluces eran los mismos. Pensándolo bien, parecía más una galería de arte que una escuela, al menos como las que salen en las películas.

Salvo causa justificada, la entrada a ese pasillo estaba prohibida, por lo que tuve que ponerme en modo sigiloso para entrar sin hacer ruido ni llamar la atención. Mi torpeza no iba a ayudarme, pero contaba con mantenerla a raya. No había ni rastro de Raúl, pero oí unas voces saliendo de una puerta entreabierta. Tenía mis dudas sobre ellas, pero en cuanto me acerqué lo tuve claro. Conocía esa voz y no era la de Raúl, pero lo que oí llamó mi atención.

—Juls, te quiero.

—Por eso, Lucas. Es un problema para los dos. Esto tiene que acabar ahora.

28

—¿Lo dices en serio? ¿Después de sincerarme contigo me sueltas esta mierda? No me lo puedo creer.

—Lucas, he sido sincero desde el principio. Sabías lo que era esto.

—Pero no es justo. Estamos bien, ¿por qué ponerle límites?

—Lucas, soy tu profesor. ¿Sabes lo jodido que se puede poner esto para mí si alguien se entera? Ya nos la hemos jugado bastante.

—No, no quiero. Esto no puede acabar así, me niego. —Lucas estaba cada vez más alterado y subía el tono casi sin darse cuenta.

—Lucas, por favor, baja la voz, alguien puede oírte.

—Me la suda que me oigan. ¡Que me oigan todos!

Por el ruido de sus pasos deduje que se acercaba a la puerta. Y yo estaba allí, bloqueada por la situación.

—Lucas, para, por favor...

Juls le seguía. Y en cuanto Lucas abrió la puerta, la mano de Juls le tapó la boca para hacerle callar. Pero verme petrificada en el pasillo hizo que ambos tiñeran su cara de terror.

—Leonor, ¿qué haces aquí? —Lucas había recuperado su tono normal—. No es lo que parece. ¿Cuánto has oído?

—Se acabó. Largaos los dos de aquí antes de que nos metamos en un lío. Lucas, esto se ha acabado, ya lo sabes.

—No quedará así, esta conversación no ha terminado. —Mi amigo pasó por mi lado sin dirigirme la palabra dispuesto a abandonar el pasillo de profesores.

No fue fácil conseguir que Lucas me escuchara. Estaba enfadado, tanto por que los hubiera pillado como por haberle privado de esa última conversación con la que él consideraba que era su pareja. Estaba bastante confuso.

Después de perseguirle un rato, le convencí.

—Lucas, lo siento, no era mi intención que pasara eso. Ni siquiera sabía que estabas ahí.

—¿Y qué coño hacías allí?

—A ver. Es una tontería, pero... —Con un gesto, me obligó a continuar—. Estaba siguiendo a Raúl. Quería hablar con él a solas.

—No te creo. ¿Para qué iba a ir Raúl al pasillo de los profesores?

—Eso me pregunto yo. A ver, técnicamente no le he visto entrar, pero...

—Entonces ¿qué hacías allí? No entiendo nada, Leonor.

—Es que mientras le seguía me he encontrado con Marcos y me ha entretenido. Luego le he perdido de vista, pero estoy casi segura de que iba hacia allí.

—No sé, Leonor, todo suena muy raro.

—Mira, Lucas, me da igual que me creas o no, es la verdad. En cualquier caso, eso no es lo importante. —Dejé unos segundos de silencio—. ¿Estás bien? ¿Quieres hablar de lo que ha pasado?

—No ha pasado nada. Juls está confuso. —En ese momento me miró y se dio cuenta de algo—. Espera, ¿y tú por qué no estás flipando con la situación?

—Digamos que me olía que pudiera pasar. Al fin y al cabo, estabas muy pillado de él. Y se te da muy muy bien conseguir lo que quieres.

Estaba claro que no iba a confesarle que había visto cómo se enrollaban.

—Qué pelota eres, de verdad. —Se rio y noté que bajaba la guardia—. Tía, es que encima es el Emperador... —Fingí sorpresa—. Esto no puede acabar así.

—¿En serio estás bien?

—Creo que no. No estoy preparado para que esto se acabe... —Y antes de que terminase de hablar, una lágrima comenzó a caer por su mejilla.

—Lucas, lo siento. No te mereces esta situación.

—Es que otra vez lo mismo, no me lo puedo creer. Soy un puto bocazas.

—¿Otra vez? —No podía evitarlo, era una cotilla.

—Nada, una tontería, Leo.

—Cuéntamelo, porfa. Te echo mucho de menos... —Y esa frase consiguió romper su coraza y liberar todas las lágrimas que tenía guardadas.

Lucas me contó su mayor y más oscuro secreto. Y puede que no fuera consciente, pero por eso él era así.

El padre de Lucas era uno de los abogados más conocidos de España, pero a pesar de lo que podría parecer, su bufete estaba en Valladolid, no en Madrid. Él se crio en esa ciudad a la que yo recordaba haber ido con el colegio de pequeña, pero de la que no guardaba información relevante. Qué curiosa es la mente de los niños... Recuerdo todos los diálogos de *La sirenita*, pero no las excursiones escolares.

Según me contó, de pequeño su padre le llevaba a su trabajo en verano, y como era el jefe, todo el mundo le trataba con cariño. Cuando cumplió los quince años, le enseñó el negocio. Allí conoció a Borja, uno de los trabajadores del bufete. Superaba la treintena, pero tenía el espíritu de un veinteañero. Lucas siempre había parecido mayor, por lo que se enamoraron en poco tiempo. O al menos así me lo contó; me guardé mi opinión al respecto.

Al principio todo iba bien. Quedaban de vez en cuando en el ático que Borja tenía en una de las calles más céntricas de la ciudad y aprovechaban para hablar y follar durante horas. Pero Lucas quería más. Necesitaba hacer planes: salir a cenar juntos, cogerle de la mano por la calle, besarse en público. No entendía que eso era impensable para Borja. Y no solo impensable, literalmente ilegal. Pero Lucas estaba enamorado.

A raíz de eso, empezaron a discutir cada vez más. Lo que al principio era todo cariño, entendimiento y amor se convirtió en un infierno en el que solo se echaban cosas en cara y follaban para reconciliarse. Un día Borja no pudo más y quiso acabar con todo. Le mintió al decirle que irían a cenar juntos, pero una vez estuvieron en el coche, le soltó que no quería volver a verle, que era el final de su relación porque necesitaba recuperar su vida. Lucas no podía imaginar que eso fuera a pasar y, como el adolescente que era, pronunció dos palabras que en las películas siempre lo arreglan todo, pero en la vida real son solo ocho letras. Y tras esas ocho letras un coche les embistió por la izquierda y todo se fundió en negro.

Estuvieron en coma varios días. Lucas despertó, pero Borja no tuvo tanta suerte, y eso le rompió el corazón para siempre. O al menos hasta que apareció Juls. Es lo que me contó. Y yo, como respuesta, solo pude abrazar su cuerpo tembloroso por el llanto y dejarle que se desahogara todo lo que necesitase. No era mentira, le echaba de menos.

29

La noche de Halloween llegó más rápido de lo esperado. Tras la conversación con Lucas, volvimos a ser los de antes. Eso, sumado a que Juls ya no le hacía caso, provocó que pasáramos la mayor parte del día juntos. Por ende, también empecé a pasar más tiempo con Raúl, con el que poco a poco la situación parecía mejorar. Le notaba más tranquilo, más relajado, como si se hubiera quitado un gran peso de encima. No sabía qué había hecho, pero me alegraba que estuviéramos volviendo a ese punto de nuestra amistad. Bueno, amistad rara.

Tras el último encontronazo con Marcos, nuestra «relación» era más fría que cualquiera de los polos. Nos limitábamos a ser cordiales durante las mentorías y ya no nos saludábamos por los pasillos. Lo prefería. No quería tener nada que ver con una persona como él.

Esa noche los alumnos de primero teníamos una mentoría antes de la fiesta. Bueno, había que empezar la fiesta con una reunión de grupo. No era algo que nos importase. Al fin y al cabo, mi grupo de amigos coincidía con el de la mentoría salvo por Harper, pero teniendo tanta gente en contra no creía que fuera a hacer una estupidez. Además, después de lo de la nariz, el ambiente se había tranquilizado bastante.

Alexia y yo nos preparamos en la habitación y pudimos hablar. A pesar de compartir cuarto, la sentía algo lejos debido a su relación con Calvin. Pero en cuanto se lo dije me pidió perdón y me aseguró que no quería que me sintiese así. Era importante para ella, y quería demostrármelo. Y estaba encantada de que fuera así.

—Leo, perdona. Nunca había conectado con alguien como con Calvin y supongo que he dejado que me absorba demasiado. —Me sorprendió la comprensión de Alexia.

—No te preocupes. Si te lo digo es porque te echo de menos.

—¡Y yo a ti! Vamos a hacer una cosa. Esta noche es para nosotras. A la mierda el resto y a la mierda los chicos. ¡Vamos a pasarlo bien juntas! —Y mientras lo decía me di cuenta de que era verdad.

—Esta noche es para nosotras —le confirmé mientras le guiñaba un ojo.

Después seguimos hablando de nuestras cosas, como si el distanciamiento de las últimas semanas no hubiera existido.

Al final mi disfraz quedó mejor de lo que esperaba. Incluso conseguí que Alexia me maquillara para tener cara de muerta. Y como llevaba el pelo más o menos como mi personaje, iba perfecta. Obviamente, ni el vestido era idéntico ni los zapatos los mismos, pero si lo veías en conjunto, se entendía y daba el pego. Sí, podría haberme pedido uno igual por Amazon o por otra web, pero siempre me había gustado crear mis disfraces con lo que tuviera por casa. Pensaba que le daba un toque único.

Alexia optó por algo más convencional y se puso un disfraz de enfermera muy corto que incluía hasta la cofia. Para que fuera de Halloween, le añadió un poco de sangre y se manchó la cara. Quedaba bastante claro quién era Cady y quién Regina, pero no tenía ningún problema al respecto, porque al menos Alexia era una buena amiga.

Lucas se disfrazó de Steven Universe, el protagonista de una de sus series de animación favoritas, e iba monísimo. La camiseta se la compró online y era idéntica. Raúl se había puesto una especie de bata de médico y llevaba un kit de utensilios: gorro, tijeras, estetoscopio, tensiómetro, etc., pero ropa normal debajo. Calvin, haciendo honor a su poca imaginación, se puso el uniforme del equipo de fútbol, que, no lo negaré, le quedaba increíble. Harper iba de hada, pero más al estilo de la enfermera de Alexia. De hada muerta, vaya. Todo muy en sintonía con la fiesta.

Marcos nos había citado en un nuevo emplazamiento para esa reunión. Al parecer era una de las características de la noche de Halloween. Por primera vez, y solo porque nos acompañaban nuestros mentores, podíamos salir de la academia. Eso validaba mi teoría de que, por muchas normas que dictara Jimena Sorní el primer día, hacían la vista gorda en ocasiones especiales. Tal vez demasiadas, más de las que pudiera imaginarme en ese momento. El sitio elegido por Marcos para esa reunión estaba cerca de un acantilado, al noreste. Llegamos allí por un camino de tierra, lo que me hizo pensar que no era la primera vez que alguien pasaba por esa senda. Las vistas del valle desde esa altura eran increíbles. Nunca me cansaré de esa zona... Cuando llegó, vi que iba de militar con el uniforme salpicado de sangre y la camiseta rota, dejando al descubierto gran parte de su cuerpo. Solo podía pensar en el frío que estaría pasando. Me alegraba que se le hubiera caído la careta y haber visto quién era. En cuanto estuvimos todos, Marcos tomó la palabra:

—Os preguntaréis qué hacéis aquí. Es una tradición que los alumnos de primero comiencen esta noche con su grupo de mentoría. Y estoy seguro de que querréis saber por qué... —Hizo una pausa y nos miró unos segundos a cada uno—. Me temo que esta es la última reunión que tendremos. Enhorabuena, habéis superado la iniciación a la academia Roca Negra.

Nos quedamos en silencio y nos miramos. Era curioso: había compartido los últimos meses de mi vida con esas personas y ya les consideraba familia. Me daba pena que las mentorías acabasen. Pero tenía la suerte de que mi grupo de amigos era casi el mismo, así que seguiríamos viéndonos y solo nos quitaríamos de encima a una persona.

Brindamos con una copa de champán por haber llegado hasta allí y Marcos nos pidió que compartiéramos los que sentíamos sobre el tema. Ninguno parecía dispuesto a abrir primero la boca así que, contra todo pronóstico, alcé la voz:

—Quiero daros las gracias. Sin todos y cada uno de vosotros esta experiencia no estaría siendo la misma. He cometido muchos errores en mi vida, pero los volvería a cometer una y mil veces porque me han hecho conoceros. Ya formáis parte de mi familia. Os quiero mucho.

Puede que fuera la emoción del día, el champán, lo bonita que estaba la luna llena o que mis palabras les habían emocionado, pero a todos nos cayó al menos una lágrima.

Para relajar el ambiente, Raúl sacó del bolsillo una bolsa parecida a la de la última vez. Aquella noche nadie tuvo que insistirme para que tomara. A pesar de todo, confiaba en él. Ya lo había probado, y hasta lo había disfrutado. Era un día especial y me lo merecía. Además, estaba segura de que mi padre lo hubiera aprobado. Lo importante era hacerlo con cabeza y asumiendo las circunstancias. Era joven y me merecía disfrutar.

En un abrir y cerrar de ojos me estaba tomando el tercer cuarto, con la cabeza en un globo aerostático y pasando una de las mejores noches de mi vida. No sabía qué me había metido, pero estaba siendo mágico. Todos nos sentíamos conectados y teníamos un aura magnética.

—Leo, ¿podemos hablar un momento? —Las palabras de Raúl me sacaron de mis pensamientos.

—Sí, claro. ¿Qué pasa? —Mientras hablaba, me cogió suavemente de la muñeca y me apartó un poco del grupo.

—He estado pensando en algo y... —Tras un silencio me miró a los ojos y noté que me derretía—. Me alegra mucho que volvamos a estar bien. Te he echado de menos.

Se sonrojó al pronunciar esas palabras.

—Yo también te he echado mucho de menos, Raúl. Y siento lo que hice, no sé en qué estaba pensando y...

—No importa, Leo, es agua pasada. —Tras unos segundos, añadió—: ¿Qué te parece si nos saltamos la fiesta y nos vamos a mi habitación un rato?

—Pero ¡es la mejor fiesta del año, Raúl! ¡Todo el mundo lo dice! ¿En serio te apetece perdértela? —Tras mis palabras, me besó. Mi cuerpo tembló como la primera vez.

—Quiero estar bien contigo, Leo. Me gustas mucho y ya hemos perdido suficiente tiempo.

—Vale, tienes razón. Pero vamos a mi habitación, que seguro que Alexia duerme con Calvin esta noche y así estaremos solos. —Como respuesta, volvió a besarme.

—Espérame allí. Si vamos los dos juntos se darán cuenta y no dejarán que nos escabullamos. Me quedo un rato haciendo tiempo y en cuanto pueda voy. ¿Te parece?

—Vale, perfecto. Te espero allí.

¿Qué acababa de pasar? ¿Iba a follar por fin con Raúl? Estaba segura de que la droga tenía bastante que ver, pero en ese momento estaba muy cachonda. Había olvidado lo bien que besaba, lo bien que olía, lo agradable que era sentirle cerca. Cada segundo tenía más ganas de estar a solas con él. En cuanto pude, empecé a alejarme.

—Leo, ¿dónde vas? —Alexia se separó de Calvin el tiempo justo para decirme eso.

—Me meo, tía. Ahora vengo.

—Vale, pero no tardes, que tenemos que bailar un rato.

Lucas había llevado su altavoz portátil y había puesto una lista en la que cada canción era mejor que la anterior.

—Ahora vuelvo, no te preocupes.

—Ni se te ocurra rajarte, ¿eh? No te lo perdonaría en la vida, ¡te aviso! *Tonight is our night*, Leo! —gritó sonriente.

Mientras me alejaba, me sentía mal por haberle mentido, pero no podía quitarme de la cabeza el beso que me acaba de dar Raúl y los que quedaban esa noche. No tardé en llegar a mi habitación. Lo primero que hice fue darme una ducha para quitarme el maquillaje y la laca del pelo. Seguramente tenía tiempo de sobra antes de que llegara.

Nunca me había duchado drogada, y fue una experiencia de lo más curiosa. Sabía lo que estaba pasando y lo sentía todo de forma exagerada. Mis cinco sentidos estaban aguzados. Eso sí, la sensación era distinta a la de la última vez. La pastilla debía de ser bastante más fuerte.

Ya duchada, me senté en la cama con el móvil para escribir a Raúl y le pregunté cuánto tardaría. Poco después, mi mente se subió en un globo aún más alto que el de antes. Sin duda, la pastilla era muy potente. Me sentía mareada y fuera de lugar. Caí dormida en la cama con el móvil en la mano sin poder hacer nada para evitarlo.

Esa noche Raúl no llegó a mi habitación. Y no volví a verle nunca más.

Segunda parte

30

El día de la nevada

A pesar de que todos parezcan puntos blancos, no hay dos copos iguales. Mirar por la ventana en un momento como ese es lo único que consigue relajar a Leonor. Los seis se encuentran en la misma situación, encerrados en una habitación llena de secretos.

Jimena les ha prohibido salir de allí, a pesar de que la academia está vacía. La tensión flota en el ambiente. Unos golpes en la puerta captan la atención de los presentes.

—La situación es grave, pero no quiero que os preocupéis. —Jimena entra con Juls.

—Curioso que nos digas esto después de horas encerrados —Harper destila incomodidad.

—No entendemos qué ha podido pasar. Además, tenemos mucho que estudiar. ¿Por qué estamos aquí? —Lucas es el único que parece mantener la calma.

—A ver, chicos, esto no es fácil... —Jimena toma aire antes de hablar—. Esta mañana, Juls ha visto algo cuando ha salido a correr. No ha podido acercarse, pero está seguro de que era un cuerpo. Un cuerpo humano sin vida. —Juls se muestra afectado.

—Cada mañana sigo la misma ruta sin alejarme de los terrenos de la escuela. Al este se encuentra un pequeño saliente en una roca, bajo el que hay unos matorrales. Al llegar allí, suelo dar la vuelta. Hoy no sabía si salir porque amenazaba con nevar, aunque al final me he decidido. Pero ha empezado a nevar. Como el suelo estaba húmedo, he resbalado y me he caído justo antes de llegar. Entonces he visto un brazo sobresaliendo del matorral. Estoy seguro de que es un cadáver. Debería haberme acercado, pero no he tenido valor. —La voz de Juls está a punto de quebrarse.

—¿Cómo? ¡Pero es imposible! ¿Y por qué estamos aquí? —Calvin se muestra fuera de sí.

—Porque la policía quiere interrogaros.

—Es absurdo, mamá, no hemos hecho nada... —El miedo en la voz de Marcos es más que palpable.

—Quieren interrogar a toda la escuela, pero sois los únicos que estáis aquí ahora. Solo pasa eso. No os asustéis. —Nadie se atreve a añadir nada más.

—Por la nevada, las carreteras permanecerán cortadas unas horas. Baqueira es una zona acostumbrada a estas situaciones, así que no será mucho rato. Tened paciencia. —A pesar de que intenta mantener la compostura, la voz de Juls nunca ha sonado tan frágil.

—Leonor, estás muy callada. ¿Te encuentras bien? —El

tono de Jimena para dirigirse a ella le hace pensar que sabe más de lo que parece.

—Sí, estoy tranquila, no tengo nada que esconder.

Tras esas palabras, en la habitación se produce una danza de miradas que transmiten distintos sentimientos: cariño, preocupación, temor, remordimiento, asco... Todos saben que en unas horas el juego macabro en el que están metidos llegará a su fin. Y de momento no está claro quién saldrá vencedor.

31

Un mes antes del día de la nevada

Raúl no vino a mi habitación. De hecho, no volvió a aparecer. Se desvaneció como si nunca hubiera existido. A la mañana siguiente, sus pertenencias no estaban y la dirección recibió un e-mail en el que decía que renunciaba a su plaza. Todos aseguraban que Raúl me había seguido al poco de irme, y que pensaban que habíamos pasado la noche juntos. Por los pasillos corrían rumores de que algo debió pasar aquella noche en mi cuarto para que él se marchase sin despedirse. Pero yo sabía que no era verdad. Vale, no recordaba casi nada por el efecto de las drogas, y me desperté con una buena resaca, pero quizá hubiese llamado a la puerta y no lo hubiera oído... Estaba segura de que no habíamos estado juntos, o eso quería creer. Mierda, por algo me oponía a las drogas. No me gustaba tener la mente obtusa al día siguiente.

Para calmarme, Lucas me recordaba cada tanto que Jimena, en su bandeja de entrada, tenía la prueba de que Raúl era un capullo, que había decidido irse de la academia sin despedirse. Lo confieso, no paraba de pensar en aquella maldita foto de la chica de ojos verdes y me molestaba haber confiado en un tipo como él.

Para colmo, después de Halloween la dinámica del grupo cambió, como si esa noche los otros Amatistas hubieran sentido un vínculo después de que Raúl y yo nos fuéramos. No sabía qué me había perdido, pero estaba claro que cada vez estaba más lejos de la ecuación. La primera vez que vi a Alexia y a Harper hablando entre clases me pareció un espejismo. Pero, bueno, puede que la droga una así a la gente.

Lucas era el único que seguía más o menos normal conmigo, pero me sorprendía lo poco que le importaba el abandono de su compañero de cuarto. Tampoco a él le había dicho ni mu. Pensaba que eran amigos, pero al parecer me equivocaba.

Durante unos días creí perder la cabeza. Una tarde encontré a Harper y Alexia hablando en la habitación. Las dos se habían fumado la última hora. Nunca pensé que se la saltaran para estar juntas, pero la academia me estaba enseñando que no podía confiar en nada. Todo era posible...

Al verme, no se movieron y me dirigieron las palabras justas. ¿Le había hecho algo a Alexia? No entendía esa actitud.

—¿Qué hacéis?

—Nada, Harper me ha pedido algo. —No entendía por qué, pero las había interrumpido.

—¿El qué? —No quería que me afectara. Quizá fuera mi imaginación.

—Leonor, no seas cotilla. No te importa.

Hacía mucho que Alexia no me hablaba así. Desde que salió a la luz su secreto por culpa de Harper, se había relajado y había dejado de tener cambios de actitud conmigo, así que no sabía a qué se debía ese nuevo giro. ¿Cuándo había vuelto a aparecer el señor Hyde?

Entonces oí un ligero golpe en el suelo y, al darme la vuelta, creí estar ante una visión.

—¿Eso no era parte del disfraz de Raúl? —Un estetoscopio yacía en el suelo esperando que lo recogieran.

—Qué va. Es el de mi disfraz.

—¿Tu disfraz tenía estetoscopio? No lo recuerdo.

—Ibas muy drogada, Leo. Además, no estuviste mucho en la fiesta como para acordarte... —Esa última frase iba cargada de veneno.

—¿Estás cabreada por eso?

—No, me da igual. Pero estoy un poco cansada de que me dejes tirada. —No podía creer lo que oía.

—¿Yo a ti? ¡Pero si desde que estás con Calvin cada vez pasamos menos tiempo juntas!

—Lo que tú digas, Leo. Paso.

—Alucino, tía... —Me tomé unos segundos para respirar. No quería discutir—. Siento si te molestó que me fuera, pero Raúl me gusta mucho y quería pasar la noche con él. Bueno, me gustaba. Yo qué sé.

—¿Te gustaba más o menos que Marcos?

—Vete a la mierda. —Había cruzado la raya—. ¿Cuándo vais a reconocer que eso es de Raúl? ¿Sabéis algo que yo no conozca?

—¡Que es de mi disfraz! ¿Cómo te lo tengo que decir?

—No te creo. ¿Para qué va a querer esa tontería Harper?

—Le quiero dar una sorpresa a un chico con el que me veo y ponerme el disfraz para follar. ¿Contenta?

—Venga, hombre, eso no se lo cree nadie. Decidme la verdad.

—Eres pesadísima, Leonor...

En ese momento Alexia cogió el móvil y empezó a bucear en su galería hasta dar con la foto que buscaba. Una en la que se la veía con Harper y el estetoscopio al cuello. Debía de ser de después de irme, porque tenían un aspecto bastante demacrado.

—Pero, estoy segura de que...

—Leo, deja de hacer el ridículo. Nos vamos.

Y me dejaron allí con muchas preguntas antes de irse dando un portazo.

—Lucas, creo que estoy perdiendo la cabeza. No dejo de pensar en Raúl.

—Para, Leo. Es un desertor. Que le den. Nos ha dejado en la estacada, tanto a ti como a mí. Y encima le ha importado una mierda. Ni un puto mensaje. Se habrá agobiado o lo que sea con el ritmo de la academia. No merece que te rayes por él ahora.

—Pero es que nada tiene sentido…

Estábamos llegando a las taquillas para coger los apuntes de la siguiente clase y, al sacar el tema, Lucas comenzó a acelerar.

—Muchas cosas no tienen sentido, Leonor, es momento de pasar página. Raúl se ha largado. Es un capullo. Fin de la historia.

—Pero ese es el problema. Que no es un capullo. Y tú lo sabes tan bien como yo. —Esas palabras me sorprendieron hasta a mí, pero en el fondo lo sentía.

—No voy a seguir con este tema. No sabes lo cansado que estoy. A mí también me duele que se haya ido sin avisar, pero no voy a permitir que me amargue el curso. —Sus palabras estaban teñidas de rabia.

Al llegar a las taquillas, reinaba un silencio incómodo entre los dos. Lo último que quería era que Lucas también se alejara de mí, pero su actitud me chirriaba. No podía ser que se hubiera olvidado de Raúl tan rápido.

Abrió su taquilla con rapidez y rabia contenida y de ella cayó un papel. Se agachó a recogerlo pensando que era una nota de alguna de las asignaturas, pero en él solo había una palabra en mayúsculas rojas: MENTIROSO.

32

El ambiente en clase estaba cada vez más caldeado. El nivel de exigencia no dejaba de aumentar, y la rivalidad por ser el número uno podía palparse. Yo solo podía pensar en Raúl. Además, no era capaz de entender cómo se habían olvidado tan rápido de alguien que había formado parte de nuestras vidas en estos intensos últimos meses.

—Buenos días, chicos. ¿Calculadoras listas? —La profesora de Matemáticas amaba su asignatura. Había estado unos días fuera por motivos personales, pero al llegar notó una ausencia—. ¿Dónde está Raúl? No es propio de él llegar tarde.

—Dejó la escuela hace una semana. —Calvin fue el primero en responder. Qué raro.

—¿En serio? Vaya, pensaba que se estaba adaptando. ¿Sabéis si le ha pasado algo?

—No hemos vuelto a hablar con él. Se ha ido y ha dejado de contestarnos.

En serio: ¿desde cuándo Calvin era nuestro portavoz?

—Pues vaya, es una pena. Espero no perder a ninguno

más de vosotros de aquí a final de curso. A este paso, el último año quedaréis cuatro…

Y tras ese comentario soltó una risa que a nadie le hizo gracia. Era nuestro futuro, no queríamos frivolidades.

—Tranquila, que los que estamos aquí vamos a durar.

La superioridad con la que Calvin pronunció esas palabras hizo que se me revolviera el estómago.

Tras esa intervención de la profesora, me costó concentrarme. No tenía la mente para fórmulas matemáticas. Solo quería saber dónde estaba Raúl, qué estaba haciendo, por qué no me contestaba. ¿Ya se había olvidado de mí? ¿Tendría novia? ¿Sería el capullo que todos pintaban, y yo estaba siendo la tonta de la película?

Cambiaba de idea cada minuto y no era capaz de centrar la mente en algo que tuviera sentido. En un instante pensaba que había un complot para tapar su desaparición y al segundo creía que Raúl me había utilizado. Pasaba del amor al odio en segundos. Sentía que estaba perdiendo la cabeza.

—Muy bien, poneos por parejas para resolver el siguiente ejercicio.

Mientras la profesora anotaba una ecuación infinita en la pizarra, aproveché la situación y agarré a Alexia por banda.

—Tía, ponte conmigo, que hace mucho que no trabajamos juntas.

—Pues pensaba ponerme con Harper para ayudarla, que va un poco floja…

Mis oídos debían de estar engañándome. Decidí no decir nada y hacerme la pobrecita.

—Yo también necesito tu ayuda, por favor. No me he enterado de nada en toda la clase. Estos días estoy un poco distraída y me vendría bien pasar un ratito con mi amiga, aunque sea resolviendo un odioso ejercicio matemático.

—Los ejercicios solo son odiosos si no los entiendes. —Intercambió una mirada con Harper y volvió a dirigirse a mí—: Venga, te ayudo, que es cierto que ya no hablamos mucho.

—Gracias, tía, lo necesito de verdad.

—¿Qué tal estás?

Me sorprendió la pregunta porque sonaba sincera.

—Pues si te digo la verdad no lo sé. Lo de Raúl ha sido un mazazo.

—Es un capullo. Se ha ido sin avisar por la puerta estrecha.

—Pero es que le pega tan poco hacer eso... No sé, creo que hay gato encerrado...

—Asimila lo que ha pasado. No le gustabas lo suficiente o tenía algo en casa esperándole. No es tan difícil, Leonor, no te obsesiones.

—¿Por qué dices eso? ¿Crees que tenía novia?

—Sinceramente, ya no sé qué creer.

Mientras hablaba, Alexia no despegaba la vista de los apuntes. Estaba más fría que de costumbre.

—Creo que ha pasado algo.

—¿Qué crees? ¿Que se evaporó de camino a tu habitación? Venga, está claro que te dejó colgada y se piró. El tipo era un rayado. Además, escribió a Jimena diciéndole que abandonaba. ¿Cuántas pruebas necesitas para creer lo que ha pasado?

—¿Pruebas? No entiendo por qué te pones a la defensiva al hablar de algo que sabes que es importante para mí.

—Porque estás en bucle, Leonor. Me he sentado contigo para ayudarte con este ejercicio y tú ni siquiera prestas atención. Te estás cargando tu futuro al pensar en un chico que no te tuvo en cuenta antes de largarse. ¿Es que lo ves?

—No es tan fácil. Me gustaba. Y no le pega esta forma de actuar.

—Mira, Leo, este no es el momento ni el lugar. Si pasas de las clases, perfecto, pero yo no. Así que deja de hablar si no quieres que pida un cambio de compañera.

—Pero entiéndeme, por favor... —Mientras lo decía hizo un amago de levantar la mano para llamar la atención de la profesora—. Vale, vale, me callo.

Alexia se había transformado. Bueno, puede que siempre hubiera sido esa persona, pero no hubiera querido verlo así, y achaqué a sus salidas de tono al estrés o a la presión. Me sentí frustrada al no ser capaz de sacarle información, y no quería que pidiera un cambio de compañera. Al fin y al cabo necesitaba su ayuda con la asignatura. En un silencio sepulcral miré lo que estaba haciendo e intenté entenderlo. Le hice un par de preguntas sobre unas incógnitas que no sabía cómo había despejado, pero me ignoró y siguió a lo suyo.

Mientras la profesora explicaba el siguiente ejercicio que íbamos a tener que resolver por parejas, una notificación saltó en el ordenador de Alexia que atrajo la atención de las dos. Alguien quería mandarle algo por AirDrop. Alexia no era una persona con miedo o que rechazara ese tipo de mensajes, así qué aceptó sin pensárselo, supongo que por el morbo, pensando que alguien le estaba mandando algo sin querer y que a lo mejor veía una polla gratis.

Pero no tenía nada que ver. Estaba segura de que, después de eso, se lo pensaría dos veces antes de aceptar mensajes de extraños. Porque la foto de Raúl que se abrió en su ordenador, con los ojos tachados y la frase SÉ LO QUE HABÉIS HECHO escrita en rojo hizo que saliera de clase corriendo.

33

Seguir el día a día de la academia era cada vez más complicado, pero no me quedaba otra. No iba a tirar la toalla y cargarme mi futuro, pero tampoco podía dejar de intentar descubrir la verdad. ¿Acaso existía alguna verdad? Ya empezaba a dudar de todo.

Estaba entrando en un bucle peligroso. No había un momento en que no pensara en Raúl. Tanto para bien como para mal. Confiaba en él y al segundo le odiaba, y viceversa. Empezaba a ser insoportable hasta para mí.

Mis compañeros estaban a punto de darme la espalda, si no lo habían hecho ya, y solo me hablaban por compromiso. Al único que veía algo preocupado por mí era a Lucas. Al parecer, mi amistad con él era más fuerte que la de Alexia.

Me pasaba las tardes sola, dando paseos por los alrededores de la academia para despejar la mente o viendo series en la habitación. Mi vida en Baqueira empezaba a parecerse a la que llevaba en casa, y eso era de lo que precisamente quería escapar. ¿Qué me estaba haciendo? ¿Tenía razón Alexia y estaba entrando en una espiral autodestructiva?

En clase tampoco era capaz de sacar mi mejor versión. Me pasaba el rato distraída, sin centrar la mente en nada de lo que los profesores dijeran. Aún no había tenido exámenes, pero sabía que esos días iban a pasarme factura si la situación continuaba así. Quizá parezca que había pasado poco tiempo, pero en una escuela de élite no había opción de hacerse a un lado para tomar aire; era siempre una carrera de fondo. Si te quedabas atrás, estabas jodido.

Mientras hacía un poco de yoga en la habitación para tranquilizarme y estudiar de una maldita vez, unos golpes en la puerta me indicaron que aquel no iba a ser el momento. Me acerqué a abrir sin saber quién podría ser. Hacía días que nadie quería hablar conmigo.

—¿Se puede? —me preguntó Lucas.

—Claro, solo estaba haciendo yoga. Pasa.

Abrí la puerta y le invité a pasar. A él y a tres personas más. Antes de darme cuenta, Alexia, Harper, Calvin y Lucas estaban frente a mí. ¿Por qué Alexia había pedido permiso para entrar en su habitación? Todo era raro.

—¿Cómo estás, Leo? Nos tienes preocupados.

«¿En serio, Calvin? Cualquiera lo diría, después de ver lo mucho que habéis pasado de mí», pensé.

—Bueno, he estado mejor, pero tampoco puedo quejarme.

No estaba dispuesta a entrar en su juego. Querían algo,

así que era mejor que primero me mostrasen sus cartas. Siempre he sido de guardarme el as para mí.

—Te vemos rara, Leo. No eres la de siempre.

Claro que no, Alexia. Me habéis abandonado en el peor momento.

—Ya os lo he dicho, he estado mejor, pero no voy a quejarme. Solo necesito enfocarme y tener un poco de normalidad.

—¿Y cómo llevas lo de Raúl? —Harper me hizo la pregunta del millón.

Y no pude evitar que aquello me encendiera.

—¿En serio me preguntas esto? ¿A ti también te preocupo? ¿Me podrías decir cuándo has dejado de odiarme?

—Leonor, no te comportes como una cría, solo queremos hablar contigo. —Lucas era el único que me hablaba con algo parecido al cariño.

—¿Ah sí? ¿Y de qué queréis hablar?

—Nos gustaría que superases lo de Raúl. No estás bien, tienes que admitirlo. ¿Hay algo que podamos hacer para que le olvides?— se ofreció el chico.

—Es que no quiero olvidarle, sino entender lo que ha pasado. —No quería perder los papeles tan pronto.

—Ya sabes lo que ha pasado. El tío se sintió superado y se fue. Punto. Fin de la historia.

—Sabéis tan bien como yo que eso no es verdad. Hay algo que se me escapa y no sé qué es. ¿En serio creéis que se fue sin decirme nada? ¿No os sorprende que hiciera las maletas en mitad de la noche y se fuera?

—Es lo que pasó Leonor, no hay vuelta de hoja —dijo Alexia. Como las últimas veces, cuando empezábamos a hablar del tema, el ambiente se enrarecía.

—¿Y por qué debemos creer que no le has hecho algo tú? Nos dijo que iba a visitarte. Por lo que parece, eres la última que lo vio... —Cada vez que Harper abría la boca me desquiciaba.

—¿Lo dices en serio? Sabéis que no miento. ¿Por qué iba a estar así, entonces?

—¿Para cubrirte las espaldas? De hecho, es una historia bastante plausible. Raúl vino a tu cuarto, te dijo que no quería nada contigo y tú, loca de celos, le hiciste desaparecer...

Las palabras de Calvin me cayeron como un jarro de agua fría. En el fondo sabía que no les costaría que la gente creyera esa versión de los hechos.

—¿Me estáis vacilando? Sabéis que sería incapaz de hacer algo así.

—¿Lo sabemos? —añadió Lucas, pero noté que era el único con un deje de arrepentimiento en la voz.

—¿Qué mierda insinúas, Lucas?

—No queríamos llegar a este punto, Leonor, pero no nos dejas más opción.

Calvin abrió su carpeta de apuntes y sacó unos folios impresos. Al pasármelos, me quedé blanca.

—¿De dónde habéis sacado esto?

—Nadie es tan anónimo como cree cuando cuentas con los recursos necesarios. Un par de llamadas y lo sabemos todo sobre ti, Leonor Castro. —Harper volvía a mostrar su verdadera cara.

—¿Y qué tiene que ver? Esto es sobre mi padre.

—¿Y piensas que nos costará hacer creer que le hiciste algo siendo hija de quien eres? Tienes la ira en los genes.

—Sois unos hijos de puta.

—No te lo tomes a pecho, Leo. Queremos que pases página y que estés bien. No sigas autodestruyéndote —dijo Lucas.

Se me estaba partiendo el corazón.

—No, solo intentáis callarme con amenazas. ¿Creéis que voy a ceder a este chantaje?

—Haz lo que quieras, pero es tu palabra contra la nuestra. Y siendo quien eres, la nuestra tiene más peso.

—No me lo puedo creer. Estoy flipando. Sois rastreros.

—No, solo queremos que te calles y dejes de marear la perdiz con un tema tan absurdo. Raúl se rayó y se fue. Fin de la historia.

—Sabes que no es verdad, Alexia —dije pensando en su reacción ante el mensaje anónimo.

—Ya no sé qué es verdad y qué no. Pero está claro que la que tiene más papeletas de haber hecho algo chungo y que le carguen el muerto eres tú. Así que tú verás. Te aviso.

—No es ningún aviso, sino una amenaza en toda regla.

—Llámalo como quieras, pero cierra la boca y deja de meter el hocico donde no te llaman.

Después de esa frase tuve dos cosas claras: la desaparición de Raúl escondía algo y se había acabado la compasión por mi parte. ¿Querían jugar a los sicarios? Pues se iban a arrepentir.

34

El día de la nevada

La ventisca a través de las ventanas de la academia Roca Negra es increíble. Hasta bella. Según lo que había podido Leonor leer en las redes sociales, no caía una nevada así desde hacía unos cuarenta años. Es un momento casi mágico, único. Como única es la situación que están viviendo ese día por la nieve, encerrados en la academia con sus secretos como únicos acompañantes.

Juls ha indicado que las carreteras permanecerán cortadas hasta que pare la ventisca, por lo que queda rato antes de que la policía llegue a hacer su trabajo. Pero Leonor se siente feliz: al fin va a descubrir la verdad. Está segura de que su padre estaría orgulloso de ella, pero le encantaría saber cómo lo habría gestionado él. A fin de cuentas, lo conocían por manejar situaciones, digamos, complicadas.

Todas las familias esconden secretos, y eso es algo que Leonor aprendió a los ocho años.

Siempre supo que su familia era distinta, pero tardó en darse cuenta del porqué. A los ocho años, una niña se preocupa de hacer planes con sus amigas y jugar con los juguetes que le compran sus padres. Pero ella tuvo que crecer a la fuerza y entender que nunca iba a tener amigas. Eso le desarrolló una dependencia un poco insana de sus figuras paternas y causó que fuera muy adulta para su edad. Al menos mentalmente hablando.

Su casa, localizada en uno de los barrios más conocidos de Ourense, siempre estaba llena de gente. Todo el mundo venía y se iba, pocos se quedaban. En su memoria permanece algún que otro trabajador de su padre que permanecía más tiempo de lo normal, pero la compañía no solía durar. Había que tener mucho cuerpo para ello.

Un día, mientras jugaba en casa, empezó a aburrirse. Para una niña, el hogar adulto siempre es aburrido. Había dos sitios prohibidos: el sótano, al que no se atrevía a entrar, pues no llegaba al interruptor de la luz; y el despacho de su padre, junto al salón.

Jaime solía dejar la puerta cerrada, pero ese día estaba entreabierta, y cuando Leonor se dio cuenta, una idea se asentó en su cabeza: entrar a investigar. Papá la quería, seguro que no le importaba que se colase allí. Al fin y al cabo, era su princesita. Además, en la mente de una niña no cabe que haya nada peligroso en casa. Cuánto se equivocaba.

Entró sin hacer ruido y empezó a recorrer el despacho

con cuidado. Una gran mesa de madera descansaba delante de la puerta con una especie de tapete rojo y varios botes con plumas y bolígrafos. También había un tarjetero con contactos y un calendario al que le faltaban unos días por arrancar. Detrás de la mesa, un gran sillón rojo dominaba la habitación.

Una alfombra increíblemente grande cubría casi todo el suelo, y las paredes estaban llenas de armarios con libros, salvo la de la derecha, que tenía un armario empotrado. Cuando lo abrió, lo que le sorprendió fue su tamaño. Leonor cabía dentro.

De repente se sentía como un detective buscando la verdad. ¿Qué verdad? Daba igual, pero todo lo que encontraba atraía su atención. La atrapaba tanto que casi no oyó los pasos de la gente que se acercaba. Nerviosa, no supo dónde esconderse y se metió en el armario que acababa de abrir. Sin embargo, no le dio tiempo a cerrarlo y temía hacer ruido, por lo que una rendija quedó abierta.

El corazón de Leonor empezó a latir a toda velocidad al ver a su padre entrar en la habitación con dos paquetes en las manos de lo que a ella le pareció polvo de tiza. Le seguían dos hombres muy grandes que escoltaban a una persona que parecía aterrada. Jaime dejó caer los fajos en la mesa y comenzó a hablar:

—¿Qué coño ha pasado? —Nunca le había oído tan agresivo.

—Perdóneme, señor Castro. El dueño del Aura nos la ha jugado. —El que hablaba fue sentado a la fuerza en una silla frente a la mesa de su padre por dos hombres fornidos que se quedaron detrás de él.

—¿Cómo te la ha jugado el puto dueño de un bar de pueblo? —Al pronunciar esas palabras, Jaime agitó de forma agresiva uno de los paquetes blancos a la altura de los ojos del hombre—. No me tomes por tonto.

—Ha huido con la mercancía. No hay ni rastro de él. Lo he buscado por todas partes, pero tanto él como su familia se han volatilizado.

—La gente no se volatiliza. No así como así. Siempre queda un rastro. ¿Verdad, José?

—Sí, señor. —Uno de los hombres contestó a su padre con una voz dura y áspera que le erizó todo el vello a Leonor.

—Creo que esta rata no nos está diciendo toda la verdad.

—Señor, se lo juro. ¿Por qué iba a mentirle?

La cara de esa persona se tiñó de terror cuando Jaime sacó del cajón algo que ella solo había visto en las películas y lo levantó a la altura de sus ojos. ¿Por qué tenía una pistola?

—¿Estás dispuesto a decir la verdad? —Jugó con el arma mientras pronunciaba esas palabras.

—Ya le estoy diciendo la verdad.

—No te creo. —Tras un chasquido, los dos gorilas agarraron una mano del hombre y colocaron el dedo meñique sobre la mesa—. Sin embargo, podemos solucionarlo. Has perdido parte de mi mercancía, así que es justo que lo pagues con parte de tu cuerpo.

—¡No, señor, haré lo que sea! Se lo juro. ¡No me haga daño, por favor!

Jaime seguía con la pistola en la mano, y Leonor pudo ver que el hombre conseguía librarse de uno sus atacantes dándole un cabezazo en la nariz. Antes de que su padre pudiera dispararle, el hombre empujó la mesa haciendo que Jaime perdiera el equilibrio. La pistola cayó al suelo apuntando hacia el armario donde Leonor se escondía. La bala no llegó a darle, pero ese día descubrió que un grito de terror puede ahogar el ruido de un disparo.

A Leonor le gusta recordar esa historia en situaciones clave. Recordar que su padre siempre va con todo hasta las últimas consecuencias. Igual que ella pretende hacer. Los genes Castro corren por sus venas y claman venganza.

35

El día de la nevada

—¿Ha aparecido un cuerpo? Eso es imposible. —Lucas está fuera de sí.

La cara de todos es un poema. El miedo y la tensión pueden cortarse con un cuchillo.

—Calla, Lucas, no te agobies. —pide Alexia.

—¿Que no me agobie? ¿No estáis muertos de miedo? ¡Ha aparecido un cuerpo!

—Lucas, en serio, para. No hay nada que temer. —Las palabras de Alexia se contradicen con el miedo que muestra su voz.

—Si no hay nada que ocultar, no debéis asustaros. Raúl se agobió y se fue. ¿No es eso lo que decís? —pregunta Leonor mirando por la ventana mientras da la espalda a sus compañeros.

—Vete a la mierda, Leonor. No estoy para sarcasmos. —añade Calvin.

—Se acabó el juego —suelta Leonor mientras se da la

vuelta—. En cuanto llegue la policía conoceremos la verdad. Y no sabéis las ganas que tengo de veros desfilar hasta un coche patrulla.

—O te callas o te hago callar. —Calvin está muy alterado y se levanta de la cama como un resorte hasta encararse con ella.

—¿Quieres pegarme? ¿Ya te has olvidado de lo que pasó la última vez que te pusiste chulo? A lo mejor aún te duele la espalda.

—Ahora somos más contra ti. O te callas o te enteras. —Las palabras de Harper van cargadas de ira.

—¿Y cómo vais a justificar que me habéis pegado? Si no tenéis nada que esconder, tranquilizaos y dejad de hacer el ridículo.

—Te la estás jugando...—advierte Harper.

Marcos entra alterado. Siguió a su madre cuando esta dejó la sala. Su cara intenta transmitir tranquilidad, pero está igual de aterrado que el resto.

—¿Qué pasa aquí? —Cuando ve la situación, se acerca a separarlos—. Dejad de hacer el ridículo y comportaos como adultos.

—Marcos, esta situación es una mierda. No podemos estar tranquilos —asegura Lucas

—Sí podéis. No habéis hecho nada. No hay nada que ocultar.

—Y una mierda, Marcos, estamos jodidos.

—Lucas, haz el favor de tranquilizarte.

—Y una mierda voy a tranquilizarme —responde él.

—No hay nada que temer. Solo debéis recordar que no ha pasado nada. No hay secretos.

—Marcos, deja de decir estupideces, ha aparecido un cuerpo. A lo mejor aún estamos a tiempo de hablar con la policía y…

—No digas tonterías, Lucas. Nadie hablará con la policía.

—No estoy dispuesto a hundirme. Esta situación es una mierda, pero aún hay una salida.

—No vamos a hacer nada porque no hay nada que ocultar, Lucas. Para.

—No voy a parar. Estoy harto de escucharte.

Todos se quedan helados al ver que Marcos se acerca a Lucas y le cruza la cara de un tortazo.

—Te he avisado. Quédate calladito y te prometo que todo irá bien. —Lucas asiente con la mano en la mejilla y lágrimas en los ojos.

Marcos está más nervioso de lo que quiere reconocer, y ese tortazo ha sido la prueba. Todos tienen los nervios a flor de piel.

—Para no tener nada que esconder, estás un poco alterado. —La tranquilidad con la que Leonor pronuncia estas palabras encabrita a Marcos.

Marcos se acerca a ella como un energúmeno, pero antes de llegar le vibra el móvil en el bolsillo del pantalón, y le distrae. Lo saca pensando que puede ser importante. Pero su cara muestra que no le hace gracia.

—¡Que te follen! —grita antes de salir de la habitación dando un portazo.

36

Dos semanas antes del día de la nevada

Después de la reunión improvisada en mi habitación en la que me amenazaron mis compañeros, tuve que dedicar unos días a pensar y hacer balance. Por mucho que me jodiera, sabía que tenían razón. Si era su palabra contra la mía y contaban la verdad sobre mi familia, iba a ser muy difícil que la gente confiara en mí. Y menos sin tener pruebas palpables.

En clase me pasaba las horas trazando un plan para desenmascararles, pero sin que la inspiración terminara de llegar. Estaba claro que escondían algo y, teniendo en cuenta que Raúl había desaparecido, empezaba a temerme lo peor.

Me habría gustado ponerme en contacto con la familia de Raúl para saber si había vuelto a casa, aunque la posibilidad de que hubiera pasado eso fuese mínima, pero no encontré forma de hacerlo y no quise involucrar a mi padre porque habría hecho demasiadas preguntas al respecto.

Quería que confesaran, averiguar qué había pasado con Raúl. Y si era necesario, vengarme. Si ellos estaban cruzando una línea, también yo estaba dispuesta a hacerlo.

Lo más duro era mantener la normalidad con mi grupo después de lo que estaba pasando. Pero era lo mejor, al menos hasta que descubriese qué había sucedido.

Me sorprendía que pudieran mantener las formas y mostrarme cariño en público después de la incómoda situación que provocaron en mi cuarto. ¿Cómo podían ser tan cínicos? Tenían muy pocos valores.

Me sorprendió que a los pocos días Alexia me dejara caer que esa noche todos querían que fuéramos juntos a la Gruta. No habíamos vuelto a pisarla desde Halloween. Y, a ver, técnicamente ese día no llegué a ir. La verdad era que me apetecía, al menos para desconectar. Pero era ir con el enemigo. Sabía que con tanta gente no harían nada. ¿O sería la situación perfecta para que me tendieran una trampa? Ya no lo tenía claro.

Al final no me pareció tan buena idea y traté de escabullirme, pero Alexia me obligó a acompañarlos. No entendía los juegos que se traía, y si pensaba que me estaba tragando ese nuevo acercamiento iba lista. ¿Era consciente de que me habían amenazado? ¿La gente creía que yo era tan ingenua o qué? Acabé arreglándome y yendo a la fiesta. Eso sí, en esa ocasión vez no tomé nada en la Gruta. Quería estar sobria por si la situación se torcía. Confiaba cero en ellos.

—Leo, siento mucho que la situación haya llegado a estos extremos. ¿Cómo te encuentras? —Drogado, Lucas siempre era el más sincero.

—Mejor. Necesitaba despejar la mente y dejar de pensar tanto —mentí.

Pero me iba bien que creyeran que era débil y tonta.

—Me hace muchísima ilusión que hayas venido. Te echaba de menos —dijo al tiempo que me daba un abrazo.

Se lo devolví, pero me supo a veneno y mentira.

—Yo a ti también, Lucas. Ya sabes que no me gusta enfadarme con la gente. No soy mucho de conflictos, la verdad.

—Lo sé. Y me parece una mierda que estemos en esta situación. Es mejor dejarlo todo atrás.

—¡Sí! Somos jóvenes, vivamos el momento. —No sabía que era tan buena actriz...

—¿Qué andáis tramando por aquí? —Alexia llegó mientras Lucas y yo nos separábamos.

—Le estaba diciendo a Leo que la echaba de menos y que me alegro de que esté mejor —le contestó Lucas mientras me sonreía.

Le respondí sonriendo a mi vez, pero por dentro me dolía.

—Yo también te echaba de menos, Leo...

¡Pero si era ella la que se había ido con Harper! Era surrealista. Hacía mucho mejor el papel de tonta de lo que pensaba...

—Y yo a ti, tía. Eres mi mejor amiga. —Esas palabras

me quemaron la garganta al pronunciarlas, pero me sentía obligada a seguirles el juego.

Alexia se acercó a mí y me dio un largo abrazo. Al minuto se separó y miró a Lucas como invitándole a nuestra pequeña reunión. Por un segundo, mi corazón intentó confundirme. Había una parte de mí que les echaba de menos, pero lo que extrañaba era la imagen que había idealizado de ellos. Por desgracia, cada vez tenía más claro que la idea que tenía sobre ellos no existía. Me la había inventado. Los primeros meses de ese curso habían sido mentira.

—Jope, chicos, qué guay. Empezando juntos y juntos hasta el final. —Tenía que acabar mi actuación de una forma digna para que me compraran la mentira, y a juzgar por las caras que pusieron, se lo habían creído.

Nos pusimos a bailar los tres, olvidándonos de lo que nos rodeaba: de los problemas, de los malos rollos, de las situaciones incómodas, de las amenazas. Por un instante dejé que mi cabeza descansara y disfrutara del momento. Bailé con la espalda llena de puñales y rodeada de traidores, pero bailé al fin y al cabo.

—Amor, ¿estás bien? —La voz de Alexia me hizo abrir los ojos y vi a un Calvin bastante perjudicado acompañado por Harper.

—Me lo he encontrado en el baño un poco mareado.

—¿Se ha vuelto a pasar? —No pude evitar el comentario.

—Qué va, si hoy no nos hemos metido nada.

—Pues su cara dice lo contrario, Alexia. ¿No lo habrá tomado a escondidas?

—¿Por qué tendría que esconderse? Si a mí me da igual que se drogue...

—Chicas, no he tomado nada... lo juro.

Calvin estaba a punto de caerse al suelo en mitad de la pista. Lucas y Alexia se pusieron cada uno a un lado para ayudarle a moverse, quedándonos Harper y yo como espectadoras.

La situación era cuando menos grotesca. Él seguía repitiendo que no había tomado nada, pero evidentemente su cuerpo estaba lleno de drogas. O de lo que fuera que se hubiera metido. Al cabo de unos minutos, en lugar de desplomarse, vomitó en la pista, nos salpicó los pies a todos y manchó la falda de Alexia. Su cara fue un poema y hasta me hizo gracia, pero debía guardar las formas ahora que pensaba que ya estábamos bien.

—¡Madre mía! Llevémosle a la habitación antes de que siga haciendo el ridículo. —Contra todo pronóstico, esas palabras las dijo Alexia.

¿Cuando las drogas entraban por la puerta, el amor salía por la ventana?

—Amor, te juro que no he tomado nada.

Al intentar moverse, como pesaba más que Alexia y que Lucas, acabó en el suelo. No cayó de forma aparatosa, pero hizo el suficiente ruido para que algunos grupos se volvieran. Sobre todo porque aterrizó encima del vómito.

—No me lo puedo creer. Qué asco, Calvin. ¿Cómo pretendes que te cojamos ahora? Estás lleno de vómito.

—Lo siento. No entiendo qué ha pasado...

Calvin estaba al borde del llanto. Buscó un pañuelo para intentar limpiarse la mancha, pero además de eso en el bolsillo de su pantalón encontró algo que no había metido ahí. Era una pequeña cartulina con unas letras rojas que rezaban: ESPERO QUE TE HAYA GUSTADO EL POSTRE.

37

Debía de reconocer que el ambiente se relajó bastante tras la última fiesta en la Gruta. Todos estuvimos cuidando a Calvin y nos quedamos en su habitación, controlando que durmiera tranquilo. Fue una noche curiosa en la que compartimos secretos y nos unimos. Nos ayudamos unos a otros e incluso salió el tema de los anónimos, pero todos parecían estar igual de perdidos al respecto. No, no había perdido la cabeza. Pero si ellos iban a jugar, yo también. Y era más sencillo hacerlo desde dentro. «Hay que jugar al juego de tu enemigo y ponerte en su piel para meterte en su mente», decía siempre mi padre.

Además, me sentía más cómoda sin estar pendiente de si me iba a caer un cubo de sangre de cerdo encima, como a Carrie. Era más fácil ir por la academia sintiendo que todo estaba bien. Sabía que estábamos jugando a las cartas, pero me gustaba pensar que la que guardaba más ases en la manga era yo. Por otra parte, se acercaba el puente de la Constitución y pasaría unos días en casa. Necesitaba volver y estar tranquila con mis padres.

Por las tardes empecé a ir a la habitación de Lucas. Cuanto más creyeran que estaba de su lado, mejor para mí. Tenía bastante que estudiar, pero como Raúl se había ido, Lucas tenía escritorio libre, era bastante menos ruidoso que Alexia y estaba cansada de pasar las tardes sola.

De camino a su cuarto, hice balance de la situación. Era obvio que estaban implicados en la marcha de Raúl, pero no pensaba que fuera nada grave. Me olía a algún chanchullo de Marcos. Una de mis hipótesis era que el hijo de la directora hubiera encontrado algún oscuro secreto del chico y le hubiera chantajeado para que abandonase la academia. Por lo visto, era una práctica bastante habitual para eliminar competidores. Además, Marcos sabía que en parte me había perdido por Raúl. Bueno, y por ser un capullo, pero eso no iba a admitirlo. Su ego se lo impedía.

Lo que no terminaba de encajar en esta teoría era por qué los demás lo encubrían, por qué no decían la verdad y punto. Eso hacía que me pusiera en lo peor. Estoy acostumbrada a que la gente desaparezca en casa, sobre todo los trabajadores de papá, pero en esas situaciones sé dónde han ido. No me imaginaba a Alexia o a Lucas haciendo lo mismo que mi padre. No eran de esa clase de gente. Se me escapaba algo. ¿Tenía la verdad delante de las narices y no era capaz de verla?

Tras unos golpecitos en la puerta, Lucas me abrió con los ojos hinchados y la cara roja. Había dejado de llorar hacía unos segundos. Seguramente, al oír que llamaba.

—Lucas, ¿estás bien?

—Qué va, tía. He estado hablando con Juls y acaba de demostrarme que es un completo imbécil.

—¿Qué ha pasado? Pensaba que habíais cortado... —Bueno, en caso de que hubieran empezado algo.

—Aunque no te lo creas, el abandono de Raúl también me ha afectado. Me había acostumbrado a tenerle en la habitación y ahora me siento solo. Por eso intenté hablar con Juls.

—Puedes acostarte con otro, Lucas. Eso no es un problema para ti.

—Pero no quería sexo, sino cariño. Lo necesitaba.

—Y... —Tras sus últimas palabras, se había quedado en silencio.

—Conseguí que nos viéramos y acabamos follando en su cama. Pero todo fue muy frío, como solventar un trámite. No había pasión. Estaba cumpliendo con su papel. Al acabar, se levantó y me dijo que tenía que irme. Me siento utilizado. Le he venido genial para desahogarse, pero me ha destrozado.

—Joder, Lucas, lo siento mucho —dije abrazándole—. ¿Hay algo que pueda hacer para ayudarte?

—No te preocupes. Este abrazo y estar juntos por las tardes es suficiente.

Dicho y hecho. Fue sentarnos a estudiar con música tenue de fondo y su ánimo mejoró. No me atrevería a decir que se le hubiera olvidado, pero al menos se distrajo. O no quería estar solo; cualquiera de las dos opciones era válida.

Honestamente, yo también di gracias por estar ahí. Ese día no había entendido nada de un par de clases y Lucas consiguió explicármelo sin mucho apuro. Era mucho más inteligente de lo que parecía. De esas personas que prefieren pasar desapercibidas en cuanto a clases se refiere y luego sorprenden a todo el mundo con una matrícula de honor. Solía odiar a esa clase de gente, la verdad, pero en Lucas era hasta admirable.

—O sea, solo tenemos que multiplicar esto por esto y dividir el resultado entre la mediana. Es eso, ¿verdad?

—Muy bien, Leo, lo has entendido. ¿Ves como no era tan difícil? Hasta alguien torpe como tú puede con ello.

—Oye, no te pases. Solo estoy teniendo unos días duros. Pero estoy mucho mejor.

—Lo sé, se te nota. Lo he hablado antes con Alexia. Se te ve más contenta y nos alegra un montón.

—¿Hablas de mí con Alexia?

—No. O sea, sí... —Se estaba poniendo nervioso—. Quiero decir que fue un comentario sin más. Lo importante es que te vemos bien y estás más contenta.

—Ya, pero...

—Perdón, Leo, tengo que ir al baño, me meo muchísimo. —Sonaba a excusa para dejarme con la palabra en la boca y que me olvidara del tema.

—Vale, no te preocupes. —Se fue al baño y saqué el móvil para ver si tenía alguna notificación. Mi madre me había escrito, pero ya contestaría luego. Me fijé en que tenía un doce por ciento de batería—. Oye, ¿me dejas el cargador? Me da pereza ir a por el mío.

—Claro. Está en la mochila.

—Gracias.

Lucas era de esas personas que vivían pegadas al móvil y, por ende, al cargador. Siempre lo llevaba encima. De hecho, cuando salíamos de fiesta solía acompañarle su Powerbank, no fuera a ser que se perdiera el ligoteo con alguno de sus seguidores de Instagram. Me negaba a pensar que a esas alturas de curso aún le quedaran personas por descubrir en Grindr.

La mochila de Lucas era un desastre, por lo que tenía el cable destrozado, pero cargaba. La dejé en el suelo. Sin embargo, algo me dijo que volviera a cogerla. Creía haber visto un objeto conocido en el compartimento de atrás, el destinado al portátil. Mi mente debía estar jugándome una mala pasada, no podía ser eso...

Volví a abrirla con miedo y cuidado para ver si llevaba razón o estaba perdiendo la cabeza. Y estaba cuerda. En la mochila de Lucas encontré el cuaderno de Raúl. Jamás se hubiera ido de la academia sin él... ¿Por qué lo tenía Lucas? Aquello era demasiado raro.

—Oye, Lucas, me voy, que no me encuentro bien. Creo que la comida me ha sentado fatal. —Guardé el cuaderno en mi mochila y me dirigí a la puerta con decisión.

—¿Qué dices? ¡Si estabas bien! —dijo Lucas desde el baño al darse cuenta de que algo había pasado.

—Me encuentro fatal. Luego hablamos.

Y antes de que pudiera abrir la puerta del lavabo, me escabullí de su habitación con mi botín. Por fin, mi primera prueba real de que algo estaba pasando y lo estaban encubriendo.

38

Salí de la habitación decidida a leer el diario lo antes posible. Me sorprendió que Lucas no me siguiera. Supongo que mi interpretación de amiga era aún mejor de lo que yo pensaba y no se le pasó por la cabeza que hubiera hurgado en sus cosas y me hubiera llevado el cuaderno de Raúl. Pero sabía que en cuanto se enterara vendría toda la tropa a por mí. Tenía claro que intentarían colarme algo como que se lo dejó porque iba con prisas. Pero tanto ellos como yo sabíamos que eso era imposible.

Como he dicho, mi intención era leerlo al llegar a la habitación, pero no pude hacerlo. Nadie me lo impidió, nada de eso. Es que me sentía como si violara la intimidad de Raúl. Sí, ese cuaderno podría darme las claves de lo que había pasado, arrojar un poco de luz sobre su misteriosa vida y ayudarme a resolver su repentina desaparición. Pero por alguna razón me quedé bloqueada.

El diario que tantos quebraderos de cabeza y alguna que otra discusión me había acarreado descansaba sobre el escritorio de mi cuarto. Lo miré de pie, desde el centro de la habitación, examinándolo como si fuera a abrirse solo y a darme todas las respuestas que buscaba. En mi mente sentía que esa cubierta y esas páginas iban a quemarme las yemas de los dedos cuando intentara abrirlo. Y dependiendo de lo que encontrara, quizá me quemase por dentro.

No podía pensar con claridad, no podía salir del bloqueo, como le sucede a quien bate el récord Guinness que lleva toda la vida preparando. ¿Y ahora qué? ¿Lo leía? ¿Y si descubría algo que no quería? ¿Y si no estaba preparada para hacerlo? ¿Y si en realidad Raúl se había ido por voluntad propia? Demasiadas preguntas para una mente exhausta. Necesitaba dormir y recargar energía. Por absurdo que parezca, el cuaderno debía esperar. Además, en cualquier momento podían entrar en la habitación, no olvidemos que Alexia era mi compañera de cuarto. Necesitaba leerlo a solas, solo con mis pensamientos.

La decisión estaba tomada: la lectura del diario tendría que esperar a estar segura de que nadie me molestaría. Pero no podía dejarlo en mesa. Tenía que encontrar un lugar para esconderlo y leerlo tranquila. Y tenía que pasar a la acción cuanto antes.

Con el cuaderno a buen recaudo, volví a mi habitación para descansar. La cabeza iba a estallarme por toda la información acumulada de los últimos días. Sin embargo, mis intenciones se vieron frustradas cuando oí los pasos de un grupo de gente en el pasillo que se acercaba a mi puerta peligrosamente.

Era cuestión de tiempo que pasara, pero había preparado mi personaje a la perfección. ¿Querían que fuera tonta? Pues lo sería. La puerta se abrió y cinco personas entraron preparadas para interrumpir mi tranquilidad. Pero no se lo iba a poner tan fácil.

—Leonor, ¿por qué lo has hecho? —Lucas parecía dolido.

—¿Qué he hecho? ¿Por qué venís todos como si fuerais una banda?

No pude evitar que me entrara la risa. Me sorprendió ver a Marcos con ellos. Era curioso cómo había cambiado mi percepción de él en los últimos días.

—Pues coger el…

—No te hagas la idiota, sabes perfectamente qué has cogido. —Alexia cortó a Lucas antes de que pudiera decir algo de lo que pudiera arrepentirse. Había sido rápida.

—No sé de qué habláis. Llevo aquí desde que me fui de la habitación de Lucas.

—Para ya, Leo, Amanda ha visto por la ventana de nuestra habitación que salías corriendo de la academia. ¿Dónde has ido?

Harper estaba muy alterada. Por su actitud, diría que tenía más que perder que el resto. Pero no llegaba a entender por qué.

—¿Ahora también me espiáis? —dije sin sorpresa en la voz.

—Leonor, no te la juegues. No estoy de humor. —Marcos estaba furioso.

—Si pudiera os ayudaría, os lo prometo, pero no tengo ni idea de lo que habláis.

—Leonor, lo has cogido. —La mirada de Lucas buscó la mía con amabilidad, como haciendo referencia a nuestra amistad en silencio.

—¿Cogido el qué? ¿Has perdido algo? —Estaba pillándole el gusto a hacerme la tonta.

—¡Leonor, deja de jodernos! —El golpe en la mesa de Marcos me hizo botar en la cama del susto—. Sabes a qué nos referimos.

—Tranquilo, Marcos, no vayas a hacerte daño a lo tonto. De verdad, no tengo ni idea de lo que habéis perdido. Pero si queréis podéis buscar por aquí. —Calvin se tomó mis palabras al pie de la letra y comenzó a abrir los cajones de mi lado del escritorio.

—Deja de hacer el idiota, Calvin. Si dice eso, está claro que no lo tiene aquí.

—No sé de qué habláis, de verdad. Hablo en serio, buscad lo que querías —dije para hacerle enfadar aún más.

—Leo, cogiste mi mochila. Te dije que el cargador estaba dentro...

—Cállate, Lucas. No hables más —le cortó Marcos, más agresivo de lo que me esperaba en ese momento.

—Lucas, no cogí tu mochila, me vine a la habitación porque me dolía la tripa y aproveché para cargar el móvil aquí.

—Mientes. Lo has cogido y lo sabes. Dime dónde has puesto el…

—¡Lucas, para! —gritaron todos al unísono.

—Mirad, estáis rarísimos. No sé de qué habláis y me apetece seguir leyendo. ¿Podéis dejarme tranquila, por favor?

No sabían qué hacer. Era gracioso notar que todos seguían los sutiles gestos de Marcos. Estaba claro que era el cabecilla, fuera lo que fuera lo que estaba pasando. Se les notaba frustrados, incapaces de hacer o decir algo más. No podían obligarme a hablar ni tampoco usaron la fuerza, al menos no de momento. Había ganado una batalla, pero no la guerra. Aún no podía cantar victoria.

Cuando se dirigieron a la puerta para salir como la secta que eran, nuestros móviles sonaron al unísono y recibimos el mismo mensaje:

> Qué os parece una fiesta de pijamas durante el puente? Todo está demasiado interesante como para ir a casa, no creéis?

39

El día de la nevada

Hace bastante que el temporal ha amainado. Ya no nieva con tanta fuerza y se nota que está dejando de acumularse a la misma velocidad. En una zona pirenaica como esta, preparada para situaciones así, la policía no tardará en ponerse en marcha.

Jimena no ha vuelto a poner un pie en la habitación, ni tampoco Marcos. El miedo en los ojos de esta antes de irse era casi tangible. Le asustará la posibilidad de que le cierren el chiringuito. ¿Qué persona en su sano juicio seguiría mandando a su hijo o hija a una escuela en la que ha aparecido un alumno muerto? El futuro de la academia Roca Negra es oscuro.

Leonor siente que sus compañeros están pasando las peores horas de sus vidas. Está claro que guardan un secreto, pero nunca llegó a creer que pudieran ser capaces de hacer algo así. Y encima se habían atrevido a juzgar a su familia.

Ver a través de la ventana de la habitación de Lucas la poca nieve que cae le resulta hasta relajante, teniendo en cuenta todo lo que puede pasar en las próximas horas.

Calvin no deja de vueltas por la habitación nervioso, esperando que llegue el milagro al que está acostumbrado. Esperando a que llegue alguien a sacarle las castañas del fuego. Pero esta vez, por mucha magia que inviertan sus hados padrinos, no podrá hacer nada para evitar las consecuencias.

Las cinco personas que se encuentran allí vuelven la cabeza hacia la puerta al oír unos pasos acelerados que se acercan.

—La policía ha llamado a mi madre hace unos minutos. Están de camino. Lo tenéis claro, ¿verdad? —Todos menos Leonor asienten ante las palabras de Marcos—. No hemos hecho nada. No sabemos nada del cuerpo. No tenemos ni idea de quién puede ser, y si hay que vender a alguien ya sabéis a quién. —No hace falta que señale a nadie para que todos sepan de quién habla.

—Cinco contra uno. Qué valientes. Pero no os preocupéis, no le tengo miedo a la policía. Eso lo aprendí de mi padre.

—La escoria nunca tiene miedo a la policía.

—Prefiero ser escoria que una asesina. —Con esa palabra, Leonor recupera el silencio de nuevo.

Un sonido lejano llega a la habitación, un sonido que todos reconocen al instante. Para Leonor suena a paz, es como un soplo de aire fresco. Como el «Acción» que le dan a un actor antes de empezar la escena. Como el primer diente de león de la primavera. Son las sirenas de policía más melodiosas que ha oído en toda su vida.

Todos intercambian una última mirada mientras el ruido se les mete en el cuerpo y empieza a formar parte de su organismo.

En silencio, sin importarle que la miren, Leonor se mueve con rapidez hacia la puerta, pero Marcos la intercepta y consigue cortarle el paso.

—¿Dónde te crees que vas?

—A hablar con la policía. Paso de esperar y hacer el paripé. No tiene sentido que todos perdamos el tiempo.

—No vas a moverte de aquí. Ninguno va a hacerlo. Ya has oído lo que ha dicho mi madre.

—Me da igual lo que haya dicho tu madre. Voy a ir a hablar con ellos. Y si no quieres que lo haga, intenta impedírmelo.

—No hay que llegar a estos extremos. Mantente en tu papel y puede que hasta tú salgas limpia de todo esto.

—Sabes que tu palabra no significa nada para mí a estas alturas, ¿verdad? Haz el favor de apartarte, Marcos, no quiero hacerte daño.

—Vaya, si también sabes ponerte chulita... No hagas el ridículo, Leonor. Siéntate y cierra la boca. Empiezas a cabrearme.

Las sirenas suenan cada vez más cerca, hasta que se detienen. Eso indica que los policías han aparcado y están bajando del coche. En cualquier momento llegarán a la puerta principal y dará comienzo el acto final.

Leonor intenta hacerle una finta a Marcos para escapar de allí, pero es inútil. Es más alto y rápido que ella, por lo que le corta el paso sin problema. Solo le queda una salida, ir de frente. De primeras le pilla por sorpresa; es evidente que empujándole no conseguirá moverle, pero sí logra que le ponga las manos en los hombros y tenerle donde quería. En un par de movimientos, como hizo con Calvin en su día, Leonor tira a Marcos de espaldas al suelo boca abajo. Una vez en esa posición, aprovecha para acercarse a su oreja y susurrarle algo que lleva días queriendo decirle.

—Nunca subestimes a la hija de un narco.

Ante la atónita mirada de todos, Leonor echa a correr hacia la puerta en dirección a la entrada de la academia.

—¿Qué coño hacéis? ¡Id tras ella!

Y aunque oye los gritos de Marcos y que todos intentan alcanzarla, sabe que es tarde, que por muy rápido que corran, ella lo hará aún más. Porque en situaciones extremas los humanos somos capaces de sacar fuerzas que no sabemos que tenemos.

Tercera parte

40

Después de la nevada

—... así que, tras recibir el mensaje, decidimos quedarnos durante el puente. La nevada y la aparición del cuerpo nos han pillado de improviso. Pero estoy segura de que el cuerpo es de Raúl y que todos tienen algo que ver en el asunto. —Leonor guarda unos segundos de silencio antes de continuar—: Y no voy a negarlo, porque está claro que usted es inteligente y ya lo intuye: fui yo la que mandé esos anónimos, pero solo porque quería obligarles a contar la verdad.

Alicia Ferrer se mantiene impasible ante las palabras de la chica.

En cuanto los policías cruzaron las puertas de la academia Roca Negra, lo primero que se encontraron fue a la directora Jimena Sorní acompañada de uno de los profesores preparados para recibirlos y responder a las preguntas pertinentes. Pero, antes de que pudieran abrir la boca, una estudiante llegó corriendo extenuada: Leonor Castro. La alumna sobre la que habían puesto el foco durante las últimas horas. Se abalanzó sobre ellos diciéndoles que tenía que contarles la verdad. Jimena intentó callarla, pero estaba fuera de sí. Insistía en que era necesario que la escucharan primero a ella. Sus compañeros llegaron después con las caras desencajadas, ante la atónita mirada de Jimena, y en ese momento Alicia Ferrer confirmó sus sospechas: esos jóvenes escondían algo, algo muy oscuro. Sus miradas temerosas lo confirmaban. Y dado que Leonor había sido la primera en llegar y era hija de quien era, la escogieron para comenzar los interrogatorios. A continuación, le pidieron a Jimena que les indicaran dónde podían hablar, mientras que a los otros alumnos les indicaron que esperaran en otra habitación, custodiados por dos de los mossos.

Alicia y su compañero Carlos llevan una hora escuchando a Leonor. A pesar de que su historia tiene apariencia de verosimilitud, hace agua por todas partes.

—La historia que nos has contado se tambalea, Leonor. —La cara de la comisaria muestra incredulidad—. Hay muchos puntos ciegos. Y encima nos sueltas lo de los anónimos después de hacernos escuchar toda la historia. Esto no es un juego, alguien ha perdido la vida.

—¿Cree que pienso que lo es? Los últimos días aquí han sido un infierno, solo quiero que se haga justicia.

—Por lo que hemos averiguado sobre ti y tu familia, la justicia no es algo que vaya en tus genes —suelta la policía ante la atónita mirada de Leonor—. ¿Por qué estás tan empeñada en que el cuerpo que ha aparecido es el de tu compañero Raúl?

—Porque el asunto no tiene ni pies ni cabeza. Conozco a Raúl y él no se iría a no ser que hubiera pasado algo grave. Al principio creí que le habían chantajeado, pero los acontecimientos de las últimas horas me han ayudado a ver clara la situación.

—Los expedientes oficiales a los que hemos tenido acceso indican que Raúl abandonó la academia. ¿Qué te hace pensar que no fue así?

—¿Le parece poco todo lo que acabo de contarle?

—Como novela de ficción es muy entretenida, pero esto es la vida real, Leonor. Y en la vida real, si alguien desaparece, suele haber pruebas, denuncias, etc. Y por lo que nos has contado no parece que la familia de Raúl haya intentado averiguar su paradero. —Alicia Ferrer está arrinconando a Leonor.

—Sé que suena todo muy loco, pero en esta academia ya nada me extraña. No sería la primera vez que alguien con poder emplea su dinero para acallar algún escándalo. —Leonor guarda silencio unos instantes—. Créame, sé de lo que hablo.

—¿Estás insinuando que han pagado a la familia de Raúl para que no pongan una denuncia? Estás haciendo acusaciones muy graves.

—Porque estoy segura de que ha pasado algo.

—Mira, Leonor, creo que estamos perdiendo el tiempo. ¿Tienes algo más que contarme antes de que empiece a interrogar al siguiente?

—¿En serio no va a creerme? —Las palabras de Leonor están llenas de frustración.

—Me encantaría creerte, Leonor, pero te repito que esto es la vida real. Y en la vida real, cuando pasa algo como lo que me has contado, hay pruebas, indicios, denuncias... Aquí lo único que tengo es una historia digna de Netflix.

Carlos, el mosso que acompaña a Alicia, se aguanta la risa ante el comentario.

—¿Ya está? ¿No van a hacerme caso por ser quién soy? ¿Qué culpa tengo yo de la fama de mi familia?

—No te creemos porque has demostrado ser una mentirosa y una manipuladora de manual.

—Entonces prefiere creer a la gente que está tras esa puerta. Porque tener un estatus distinto y más dinero en el banco te hacen mejor persona. Pues perdóneme que le diga, pero si algo me ha enseñado este tiempo en la academia es que eso es una gran mentira. Cuantos más privilegios tienes, más quieres y menos te importa el resto del mundo.

—No pierdas los papeles, Leonor. No te lo pongas más difícil. —Alicia cierra el cuaderno en el que ha ido anotando los puntos clave de la historia de Leonor—. Hemos acabado, vamos a reunirnos con tus compañeros.

Alicia Ferrer se levanta de la silla y, con la mirada, le indica a la alumna que haga lo mismo. Hay algo en la forma en que Leonor ha narrado su historia que le hace dudar. Tras años a la cabeza de una comisaría, cree saber a la primera si alguien miente o dice la verdad. Pero en este caso no lo tiene claro al cien por cien. Necesita poner las cartas sobre la mesa y hablar con el resto.

Leonor y Alicia, acompañadas del mosso, cruzan las puertas de la sala en la que esperan a ser interrogados los otros alumnos y profesores. Todas las miradas se dirigen a ellas. La tensión del ambiente se puede cortar con un cuchillo.

—Me gustaría interrogar a la persona que ha encontrado el cuerpo. ¿Quién ha sido?

—Yo... —responde tímidamente Juls.

—¿Podría decirme si reconoció el cuerpo que encontró? —Alicia dispara sin pensárselo.

—¿A qué viene esa pregunta? —añade Jimena sin permitir que Juls responda.

—Deje que su profesor conteste, por favor —indica Alicia levantando la mano izquierda.

—Esto... yo... la verdad es que no. Solo vi un brazo bastante magullado. O no, ya no lo sé. Me quedé en *shock* al encontrarlo y salí corriendo de allí. Siento no ser de más ayuda.

—¿Se atrevería a decir si se trataba de uno de sus alumnos? —Alicia Ferrer no cesa en su labor de investigación.

—Esto es ridículo. ¿Cómo va a ser uno de mis alumnos? Aquí nadie ha desaparecido... —Las palabras de la directora no llegan a sonar tan convincentes como ella cree.

—La verdad es que no. Lo siento. Pero ¿a qué viene esa pregunta? Jimena tiene razón. Ninguno de nuestros alumnos ha desaparecido... —Juls ignora las palabras de la directora y contesta a la policía.

—Según la historia que Leonor nos acaba de contar, el cuerpo que ha aparecido sería el de uno de sus alumnos, Raúl Gutiérrez. —Las caras de todos los presentes muestran estupefacción—. Y no solo eso. Los culpables serían justo los alumnos que están en esta sala.

—Eso es absurdo. Raúl abandonó por la presión. Y, además, mis alumnos no son unos asesinos. —Jimena vuelve la cara hacia Leonor antes de añadir—: No me esperaba esto de ti. Deja de inventarte historias y de hacer perder el tiempo a la policía.

—No estoy inventándome nada. Estoy segura de que...

—Se acabó, voy a contar la verdad. —Las palabras de Marcos callan a Leonor de golpe—. Ella ha sido la artífice de toda la historia. Ella acabó con la vida de Raúl y desde entonces ha estado chantajeándonos para que no contemos la verdad. Pero estoy cansado. Estoy preparado para contar lo que pasó.

—¿Cómo te atreves a decir eso? —Leonor intenta lanzarse contra Marcos llena de rabia, pero uno de los mossos consigue sujetarla.

—Entonces ¿reconoces todo lo que Leonor ha contado sobre Raúl? —pregunta Alicia con sincera curiosidad.

—No sé qué les habrá contado, es una manipuladora y siempre se sale con la suya. Pero como he dicho, estoy dispuesto a contar la verdad.

—No puedo creerme lo que estás diciendo —La rabia de Leonor no deja de crecer.

—Yo sí que no puedo creerme que intentes vendernos. Con todo lo que hemos hecho por ti, Leonor. Te hemos hecho caso en cada locura que se te ocurría... —Las palabras de Alexia atraen la atención de toda la sala.

—Esto no está bien... —susurra Lucas, pero una mirada de Marcos le hace callar.

—Además, es muy agresiva... —Harper dice estas palabras con lágrimas en los ojos.

—¡Están mintiendo! —implora Leonor a la comisaria—. Esto es ridículo, preguntadle a cualquiera de los alumnos cuando vuelvan después del puente. Harper y Alexia se odiaban hasta hace un mes.

—No, tú odiabas a Harper, yo solo te defendía y te seguía a todas partes. Hasta que me cansé de que me usaras en una ridícula y absurda batalla de egos. —La mirada de odio que Alexia le dirige a Leonor siembra la duda en su interior.

—Esto no está bien... —vuelve a susurrar Lucas.

Pero esta vez es Calvin el que le hace callar con una mirada sin que Alicia se dé cuenta.

—Estáis flipando. No me puedo creer que seáis tan cínicos. —Leonor intenta soltarse, pero el mosso sigue sujetándola.

—Por favor, alumnos, dejad de hacer perder el tiempo a la policía —les pide Jimena—. Interrógueme a mí, comisaria. En la academia Roca Negra no tenemos nada que ocultar.

—¡Esto no está bien! —protesta finalmente Lucas.

—¡Lucas, cállate! —Marcos también grita, pero no puede callarle.

Lucas se está acercando a Alicia.

—Estoy cansado de mentir. Estoy cansado de portarme así. No soy como vosotros. Yo quería mucho a Raúl y estoy roto por dentro por lo que pasó.

—Lucas, deja de hablar antes de que te arrepientas. No tienes que seguir protegiendo a Leonor. —Las palabras de Harper agotan la poca paciencia que le queda a Alicia.

—Estoy empezando a cansarme de vuestros jueguecitos. ¿Qué coño pasa aquí?

—¿Quiere saber lo que pasa? —pregunta Lucas a punto de llorar—. Pues prepárese para escuchar la verdad. —Y tras esas palabras, comienza a relatar lo que ocurrió esa noche de Halloween ante la atenta mirada de todas las personas de la sala.

41

La noche de Halloween

Las drogas de esa noche fueron más fuertes de lo que esperaban y el globo les pilló por sorpresa. El que menos tomó fue Lucas; con media pastilla ya estaba muy volado. Los demás no pararon, incluso se atrevieron a tomársela entera.

Todos se sentían magnéticos, con ganas de pasarlo bien. La fiesta iba a ser increíble, iban disfrazados y estaban con sus amigos. ¿Qué podía salir mal?

El altavoz que Lucas había llevado les amenizaba la noche. Iba poniendo temazo tras temazo con el móvil, de forma que mantenían ese *mood* y cada vez estaban más conectados.

A pesar de la luz que desprendía la luna llena, hubo un momento en que el chico empezó a ver borroso. A lo mejor eso también les afectó. Al fin y al cabo, esas noches claras llenan de energía y auguran cambios. El satélite había entrado en Géminis hacía un par de días, lo que potenciaba la espontaneidad y hacía aflorar los sentimientos. Todos los ingredientes del cóctel molotov en que se convirtió esa noche.

Fue muy raro. Alexia y Harper, lejos de discutir, estaban juntas e intercambiaban palabras y carcajadas. La segunda había cogido una flor del suelo y la miraba. A saber lo que podían estar viendo. Lucas se observó las manos y vio que le iban más despacio de lo normal, como si a la cámara que estaba capturando el instante le faltaran *frames* de metraje, una especie de *stop motion*.

Calvin se acercó a él con los ojos muy abiertos y las pupilas gigantes.

—Estas pastillas son la hostia, tío.

—Son más fuertes de lo normal, ¿verdad? —preguntó Lucas sin salir de su estado.

—Estas pastillas son la hostia, tío...

Que le contestara lo mismo fue como una respuesta afirmativa a su pregunta. Así que lo cogió de la cintura y se pusieron a bailar un rato. Alexia y Harper se les acercaron e hicieron lo mismo.

Se mantuvieron así unos minutos con la única intención de pasárselo bien y de que la fiesta no acabara demasiado rápido. Una noche mágica, única. La luz era increíble; las vistas del valle, espectaculares. Todo parecía en su sitio. Hasta que oyeron unos gritos lejanos y se acercaron.

Raúl y Marcos estaban enfrentados con actitud agresiva.

—Eres un hijo de puta.

—Di la verdad. Sé que lo hiciste —no dejaba de gritar Raúl a su compañero. Estaba fuera de sí.

—Estás loco y eres un cabrón.

—¿Qué está pasando aquí? —Calvin fue el primero en intervenir.

—Este hijo de puta nos ha drogado con alucinógenos. Quería que le contáramos secretos que pudiera usar. Robarnos y desaparecer.

—¿Qué coño dices? No es así.

—Raúl, tú has traído las pastillas. ¿Sabías que eran tan fuertes? —A Lucas le costaba mantener la atención en lo que estaba pasando.

—Sí, lo admito, sabía que eran fuertes. Pero no pensaba hacer lo que él dice.

—¿Tú has tomado? —Lucas conocía a Raúl y no quería creer que le hubiera drogado a propósito.

—No, pero no lo entendéis. Necesitaba que Marcos... —En ese momento, el aludido se lanzó a por él como si fuera un oso cazando un salmón a contracorriente.

—¡Deja de decir mentiras, sádico! Te voy a enseñar lo que pasa cuando te metes conmigo. No te tengo miedo.

Marcos estaba totalmente fuera de sí. Jamás le habían visto esa agresividad. La droga podía haber influido, pero el chico debía de guardar más secretos de los que creían para que asomara tanta ira en su mirada.

—Sabes que no miento, di la verdad. —En ese momento, Raúl consiguió quitarse a Marcos de encima dándole un rodillazo en la entrepierna y corrió hacia Harper y

Alexia—. Tenéis que creerme. Marcos no es quien dice ser, lo sé.

—Suéltame, loco, me haces daño.

Raúl le había cogido la muñeca a Alexia para que le mirase a los ojos y esta lo sentía con mucha más intensidad debido a las drogas.

—¡Déjalas en paz! —gritó Calvin antes de lanzarse a por él.

El estetoscopio que llevaba Raúl se cayó al suelo. Una vez Calvin estuvo encima de él, le dio un puñetazo en la cara que le partió el labio, pero este consiguió rodar por el césped y ponerse sobre él sujetándole las manos.

—¡Por favor, no le hagas nada! —gritó Alexia aterrada.

La mente de Harper iba a más revoluciones de las permitidas y estaba a punto de desmayarse, pero en un segundo de lucidez cogió una piedra del suelo y golpeó a Raúl en la nuca con todas sus fuerzas. Este se levantó tocándose la herida y tambaleándose, mientras se alejaba de ellos y se acercaba peligrosamente al precipicio.

—No lo entendéis, solo busco la verdad. Este sitio está lleno de gente horrible, y Marcos es el peor de todos.

El mentor seguía en el suelo quejándose por el dolor, pero al oír esas palabras sacó fuerzas de flaqueza y volvió a levantarse.

—Calvin, Lucas, ayudadme a callar a este imbécil.

Calvin fue el único que le hizo caso, Lucas estaba paralizado por la situación. Todo empezaba a tornarse demasiado peligroso. La música seguía descontrolada y sin sentido, como una banda sonora fuera de lugar. Todo parecía una alucinación. ¿Aquello estaba pasando de verdad?

Calvin y Marcos se pusieron delante de Raúl, paralelos al precipicio. Estaban tan metidos en sus cabezas que no eran conscientes de lo que hacían ni de dónde se encontraban. Ninguno se atrevía a dar el primer golpe, solo hacían fintas, como unos boxeadores que se preparan para el último asalto. La campanada que indicó el inicio de la pelea la dio Alexia, lanzándose con todas sus fuerzas contra Raúl cuando este no le prestaba atención.

Las manos de ella aterrizaron sobre el pecho del chico y le hicieron perder el equilibrio hacia atrás. El corazón de todos los presentes se saltó un latido cuando su pie derecho no tuvo tierra en la que apoyarse y cayó, aunque pudo agarrarse del saliente en el último momento.

Su cara era de terror. Nadie esperaba que pasara eso. Estaba siendo toda una gran broma del universo, una prueba más que superar de la aclamada y famosa academia Roca Negra.

—¡Ayudadme, por favor! ¡No puedo apoyar los pies para subir!

Pasaron unos segundos hasta que Marcos se decidió. Se lanzó al suelo, lo agarró por los brazos y tiró de él con todas sus fuerzas para subirlo. Pero la peor pesadilla de los allí presentes comenzó cuando no pudo más y Raúl se escurrió, cayendo al vacío.

Todos se miraron en silencio unos instantes. Calibrando la situación. Determinando si lo que acababan de vivir era de verdad, se debía a las pastillas o a una cámara oculta de muy mal gusto. El delirio de las drogas desapareció de golpe y la realidad les atizó en la cara. Poco a poco se fueron acercando al borde del precipicio, pero estaba tan oscuro que no había forma de ver el fondo. No podían saber dónde había caído ni cómo. Pero tenían algo claro: había pocas posibilidades de que siguiera con vida.

—Lo habéis visto. Ha sido en legítima defensa. No os preocupéis, no hemos hecho nada. —Marcos intentó reconfortarlos.

—Acabamos de matar a alguien —susurró Lucas.

Y ese susurro le costó un tortazo.

—No vuelvas a decir eso. No hemos hecho nada. No hemos estado aquí. Con las nevadas que se prevén, pasarán meses hasta que encuentren el cuerpo, si antes no se lo come un animal. Actuaremos como si nada hubiera pasado —prosiguió Marcos.

—Pero ¿cómo vamos a hacerlo? ¡No es tan fácil! —gritó Harper fuera de sí.

Calvin y Alexia miraban la situación como espectadores de una película de terror.

—Cogeremos todas sus cosas y nos desharemos de ellas. Podemos llenar las maletas y meter piedras para que se hundan en el lago. No os preocupéis, todo va a ir bien si me hacéis caso —explicó Marcos con una serenidad que asustaba.

—¿Y cómo justificaremos su desaparición de la academia? —preguntó Alexia, entrando en la historia.

Al final, era una de las que más tenían que perder por haberle empujado.

—Lucas, ¿te sabes la contraseña de su ordenador?

—S... Sí, me la dio un día. Él también se sabía la mía, por si las moscas...

—Perfecto. Pues mandaremos un e-mail a mi madre desde su cuenta diciendo que se ha visto superado con el nivel de la academia.

—¿Y sus padres? ¿No van a sospechar?

—No tiene una buena relación con ellos, también me lo contó. Apenas hablan un par de veces al año, en los cumpleaños y por Navidad. —Lucas notaba que las palabras salían de su boca sin control.

—Perfecto, ya está todo hablado entonces. Vamos a ello. —En ese momento, Marcos vio el estetoscopio de Raúl en el suelo y se acercó a por él—. Hay que deshacerse de las pruebas.

—No, tengo otra idea. —Alexia se acercó a él y se lo arrebató de las manos—. Mejor creemos pruebas a nuestro favor. —Se puso el fonendo alrededor del cuello, se atusó un poco el pelo y se acercó a Harper. Una vez a su lado, le pasó el brazo por el hombro. Ante la atónita mirada de esta, sacó el móvil y añadió—. Citando una de mis series favoritas, «sonríe o ve a la cárcel». —Y saltó el *flash* de la cámara sellando el pacto que acababan de hacer.

42

Después de la nevada

Las mejillas de Lucas se han ido cubriendo de lágrimas mientras narraba la historia. Marcos ha intentado cortarle en un par de ocasiones, pero Alicia le ha hecho callar; quería escuchar la historia completa. Quitando esos dos momentos, la policía se ha mantenido impasible. No está segura de si se lo ha creído o no. Ni ella lo tiene claro.

Leonor se ha mostrado quieta, apretando los puños cada vez más para calmar su ansiedad. Las piezas del puzle que Lucas acaba de entregarles han hecho que todo en su cabeza cobre sentido. Pero no estaba preparada para oír algo así.

—Tras un rato pensando en la coartada, pues cada vez éramos más conscientes de lo que habíamos hecho, fuimos a mi habitación... —Lucas hace una pausa antes de continuar— a coger las pertenencias de Raúl. Llenamos las maletas con las que llegó a la academia y fuimos al lago. A esas horas todo el mundo seguía en la Gruta, la escuela estaba desierta, por lo que tuvimos vía libre para hacerlo tranquilos.

—Es increíble la historia que acabas de montarte, Lucas. Reconoce que fue Leonor la que lo planeó todo y la que empujó a Raúl. —Marcos es el primero en abrir la boca en cuanto Lucas deja de hablar.

—Eso no es verdad, Marcos. Y lo sabes.

—Ellos son los responsables, comisaria. Siempre han sido ellos dos. —Alexia no pierde el tiempo para poner su granito de arena.

—Intenté salvar a Raúl, pero fue inútil. Leonor me bloqueó el paso antes de que pudiera llegar a él. —Calvin también decide intervenir.

—Sí. Algo nos ha contado sobre sus dotes para la defensa personal... —Las palabras de Alicia Ferrer tiñen de rabia la cara de Leonor.

—No puede estar creyéndolos. ¡Mienten, se lo juro! —Leonor intenta soltarse del mosso, pero una vez más este la retiene.

—Leonor, durante tu versión de los hechos ha quedado claro que Lucas es la persona en la que más has confiado durante estos meses. Lo que veo aquí es a una persona que haría lo que fuera por su amiga, hasta mentir a la policía.

—No estoy mintiendo, se lo juro. Y lo hago por Raúl, no por ella. Se merece que contemos la verdad y asumamos las consecuencias.

—Basta ya. Estáis haciendo perder el tiempo a la policía. Me decepcionáis. —La voz de Jimena suena cada vez más tensa.

—Es todo mentira, comisaria, no puede creerlos. No pueden cargarnos el muerto de algo que no hemos hecho. —Alexia ignora las palabras de la directora y vuelve a la carga.

—¿Podría determinar si el cuerpo que vio pertenece a ese alumno? —pregunta Alicia dirigiéndose a Juls.

—Pues no lo sé... Como le he dicho, solo vi un brazo. Podría pertenecer a cualquiera... —Su afirmación incomoda a Jimena, que le hace callar con una mirada severa.

—Esto es ridículo. Mire, comisaria, estamos poniendo de nuestra parte para ayudarla en su trabajo, pero me temo que la situación es absurda. ¿Por qué no continúa con sus interrogatorios? Estaré encantada de responder a todas sus preguntas y así nos dejamos de niñerías de chavales.

Las palabras de Jimena molestan a Alicia. No le gusta que la gente se meta en su terreno.

—En primer lugar, señora Sorní, déjeme hacer mi trabajo —responde la comisaria con severidad—. Segundo, una patrulla está de camino a la zona en la que su profesor se topó con el cuerpo. Pero tiene razón, deberíamos seguir con los interrogatorios —confirma, y mira a Juls—. Usted, acompáñenos.

Tras esas palabras, el móvil de Alicia comienza a sonar en su bolsillo. Lo saca y se dispone a contestar.

—Esto es increíble. ¿Va a contestar en un momento como este? —Jimena está fuera de sí.

—Como le he dicho, y aunque no le deba ninguna explicación, mis compañeros ya habrán llegado a la supuesta zona de los hechos. Puede que sean ellos con noticias. —Y dicho esto, descuelga el teléfono.

Los alumnos, salvo Leonor y Lucas, cruzan una mirada de terror.

—Sí, aquí la comisaria Ferrer, díganme. Ajá. Exacto. —Tras una pausa, la comisaria palidece—. ¿Qué? ¿Estás seguro? Sí... Ya... Ya lo sé, pero esto no tiene sentido. —Se rasca la cabeza y mira a los presentes mientras escucha lo que le cuenta su interlocutor—. En serio, ahora sí que no entiendo nada. —La comisaria Ferrer cuelga frustrada. ¿Qué puede haber pasado para que se haya puesto así?

—El cuerpo que han encontrado es de una chica, ¿verdad? —Las palabras de Leonor atraen la atención de todos los presentes.

—Pero ¿cómo lo sabes? —contesta sorprendida la comisaria.

—Tengo razón, ¿verdad? —vuelve a preguntar Leonor.

Nadie se atreve a intervenir.

—Sí, pero... pero ¿cómo lo sabes? Por lo que ha indicado el forense, ese cuerpo lleva muchos meses allí. Tiene un alto nivel de descomposición —añade la comisaria Ferrer.

—Cuenta la verdad —dice Leonor volviéndose hacia Marcos.

—¿Qué dices? Yo no tengo ni idea... —asegura este, pero el miedo le delata.

—Cuenta lo que le hiciste a Ainara. Ella se merece que confieses y nos cuentes la verdad.

Al pronunciar ese nombre, el terror recorre el cuerpo de Marcos y el de su madre.

—No sé a quién o a qué te refieres.

—¿Ah, no? Ainara fue alumna de esta escuela el año pasado. ¿Empieza a sonarte?

—Sigo sin saber a dónde quieres llegar. —Marcos comienza a tartamudear del miedo. Cada vez le cuesta más mantener la compostura.

—Ainara era la novia de Raúl. —Y con esas palabras Leonor consigue desarmarle, demostrándole que conoce su oscuro secreto. Se encuentra entre la espada y la pared, como un animal salvaje frente a su depredador.

—Marcos, no digas nada más. —Tras esas palabras de Jimena, Leonor saca algo de uno de sus bolsillos.

—O lo cuentas tú o lo hago yo —dice mientras levanta el cuaderno de Raúl a la altura de los ojos de todos, atrayendo toda la atención.

—¡¡¡Eres una zorra!!! —grita Marcos mientras se abalanza sobre ella con la intención de golpearla, pero uno de los mossos lo detiene.

En ese momento, Jimena pierde los papeles al ver que tocan a su hijo y se lanza contra el policía. Pero es inmovilizada por otro agente.

—Se ha acabado el juego, Marcos. Cuenta la verdad de una vez por todas. ¿Qué pasó con Ainara? —le reta Leonor, con el cuerpo henchido de adrenalina.

—Ainara... Ainara estudió aquí...

—Marcos, cállate. No digas nada —le ordena con un grito desgarrado Jimena mientras intenta zafarse de los brazos del mosso.

—Mamá, ya estoy harto. Tiene el cuaderno de Raúl y él sabía lo que pasó. Me lo dijo la noche de Halloween. Ya no hay vuelta atrás.

—Siempre hay solución, hijo. Conseguiré los mejores abogados. No digas nada de lo que te puedas arrepentir.

—Estoy cansado de huir, mamá. Hay que contar la verdad.

43

Un año antes del día de la nevada

Ainara Garay llegó a la academia Roca Negra llena de sueños y aspiraciones, como todos los alumnos que cada año pisaban ese edificio. El primer día fue a tocar la gran roca que se encontraba en el centro del recinto, antes incluso de subir las maletas a la habitación. Llevaba meses deseándolo. Desde la primera vez que vio una imagen en internet, había sentido que la llamaba, como si estuviera destinada a estar allí. Fue la primera de todo su curso en hacerlo, y desde ese día sintió que su vida cambiaba. Su vitalidad y buena actitud eran contagiosas y triunfaba allí donde iba. No fue raro que uno de los chicos más atractivos de su curso se fijara en ella. Marcos Jiménez Sorní.

Ainara tenía pareja en Bilbao. Llevaban años juntos y no pensaba acabar con esa relación por mucho que fuera a estudiar en la academia. Las relaciones a distancia son posibles siempre que exista confianza, amor y comunicación, o eso pensaba. Pero justo ese último ingrediente empezó a fallarle. El ritmo de las clases y las fiestas en la Gruta la dejaban tan agotada que mantener un contacto diario con su novio era cada vez más difícil. Siempre estaba ocupada. Le gustaba estar rodeada de gente, hacer planes y aprovechar al máximo esa experiencia. Y eso fue lo que hizo que su relación empezara a resquebrajarse.

Las discusiones y los reproches por perderse su videollamada diaria eran cada vez más habituales. Ella intentaba llegar a todo, pero cada vez era menos capaz. Al fin y al cabo, si al hablar con una persona solo recibes reproches, por mucho que la quieras, dejarás de tener ganas de hacerlo.

Si a eso se le suma la presencia de Marcos en su grupo de mentorías, se convierte en la bomba de relojería perfecta. Además, a Ainara le encantaba que la admirasen. Y nada crea mayor admiración en un lugar como ese que estar con alguien de un estatus social más alto. O al menos eso pensó cuando comenzó a jugar al juego que Marcos le propuso. No había nada malo en tontear de vez en cuando con él, ¿verdad? Poco a poco se fue atreviendo a pasar más tiempo con él. Sabía dónde estaba el límite y no pensaba cruzarlo. Veían películas, daban paseos por la academia, se sentaban juntos en clase y... el roce hizo el cariño.

Pero, tal y como reza el dicho, el que juega con fuego se acaba quemando. Y ella lo aprendió de la peor forma posible. Empezó a perder el miedo a la tentación que Marcos representaba para ella con tal de que los vieran juntos. Ainara guardaba a su novio en completo secreto para todo el mundo. La gente solo veía a dos jóvenes que se gustaban y pasaban tiempo juntos. Sus compañeros dieron por supuesto que salían, a pesar de que ella se resistía a que Marcos la besara o diera un paso más. Pero un día, en una fiesta en la que se había drogado, se dejó llevar. Además, aquella tarde había discutido con su pareja. De hecho, le había colgado el móvil antes de terminar la conversación; estaba cansada de sus celos y de su marcaje. ¿Por qué no la entendía? Claro que le echaba de menos, pero no podía hacer nada. Les separaban más de cuatrocientos kilómetros, el distanciamiento era inevitable. Y encima, cuando llegó a la fiesta, Marcos iba más guapo que nunca y se mostró muy atento.

La música era perfecta y la luna llena iluminando los bailes de sus amigos consiguieron que olvidara lo que había pasado aquella tarde. Solo quería pasárselo bien, desconectar, sentirse libre por una vez.

En el bosque, rodeada de naturaleza, dejó que sus deseos más inconfesables tomaran el control de su conciencia y acercó sus labios a Marcos. Se habían alejado de sus compañeros, buscando intimidad, pero en el último momento, cuando sentía cerca la respiración de Marcos, Ainara se arrepintió y se separó de él. No sabía qué buscaba, se sentía confundida. No quería hacerle daño a su pareja. Y... y necesitaba largarse de allí. Así que echó a correr. Marcos no entendió qué le pasaba y la siguió. Ella estaba huyendo de él, pero la alcanzó. Al llegar a su altura, la agarró del brazo con tan mala fortuna que Ainara perdió el equilibrio, cayó al suelo y se golpeó la cabeza contra una piedra. Quedó inconsciente al momento. Marcos no fue capaz de averiguar si respiraba. El éxtasis del momento y las drogas que había consumido le nublaban los sentidos. Alterado y con las manos ensangrentadas, solo se le ocurrió una salida.

Cogió el móvil y, sin apartar la mirada de los ojos aparentemente sin vida de la chica, marcó el número de su madre, Jimena Sorní, la directora de la academia Roca Negra y la única persona que sabría qué hacer. La primera vez saltó el contestador. Cuando miró el reloj y se fijó en la hora, pensó que estaría dormida. Por suerte, su madre solía dejar el móvil con sonido todo el día por si pasaba algo grave y la necesitaban. A los pocos segundos, una llamada entrante iluminó la pantalla del teléfono de Marcos y una Jimena somnolienta contestó al otro lado. Pero el sueño abandonó su cuerpo al oír la voz entrecortada y alterada de su hijo. Tuvo que pedirle varias veces que hablara con claridad porque no lo entendía. Cuando Marcos le contó lo que había sucedido, su madre se dirigió hacia allí dispuesta a hacer lo que estuviera en su mano para proteger a su hijo.

Al cabo de unos minutos que para Marcos se hicieron interminables, Jimena estaba allí, preparada para sacarle las castañas del fuego. Llevaba dos palas, una en cada mano. El cuerpo de Ainara seguía inerte en el suelo. Durante el trayecto había podido pensar con frialdad. Entre los dos cargaron el cuerpo y lo llevaron a una zona lo bastante alejada, por lo que nadie pasaría en un tiempo.

Sin mediar palabra con su hijo, comenzó a cavar en el suelo, como empujada por una energía que las personas solo reciben cuando su vida corre peligro. Además, era la de su hijo la que estaba en juego... No estaba dispuesta a que le pasara nada por un simple desliz.

Marcos se convirtió en un mero espectador de la situación. No podía apartar los ojos de la chica. Hacía unas horas estaba llena de vitalidad y en ese momento yacía allí. No asimilaba lo que acababa de suceder. ¿Había matado a una persona? No podía ser, tenía que haber otra explicación, seguro que la había. Se acercó a su madre e intentó que dejara de cavar, pero Jimena no le hizo caso y siguió con su tarea.

Cuando el agujero tuvo la profundidad necesaria, Jimena hizo un gesto a su hijo para que la ayudara. Cogieron el cuerpo de Ainara, lo metieron en el hueco con cuidado y Jimena comenzó a llenarlo con la tierra que acaba de levantar. Con cada palada, aumentaba la culpabilidad que sentía la directora, pero estaba ayudando a su hijo. Y no solo eso, intentaba justificarse que estaba haciendo lo mejor para la academia. Protegía el prestigio de Roca Negra.

A pesar de lo que ambos creían, Ainara aún no estaba muerta. En un momento dado, la chica agarró la pala e intentó que dejaran de echarle tierra encima. Marcos respiró aliviado al ver que seguía con vida. No había matado a nadie. No había destruido su vida. Había sido un accidente, aún a tiempo de remediarlo. Su madre observaba atónita a una Ainara que se levantaba mareada y aterrada del suelo y se sacudía la tierra del pelo. Pero cuando Marcos alzó la mirada y vio la cara de su madre, supo que algo no iba bien.

Jimena respondió a los movimientos de Ainara golpeándola una y otra vez con la pala en la cabeza hasta asegurarse de que lo que allí quedaba era un simple cascarón, que la vida que solía habitar ese traje ya se había ido. Marcos profirió un grito desgarrado y se desplomó en el suelo llorando como un niño mientras miraba el cuerpo sin vida de Ainara en el hoyo. Su madre se acercó a él y le tapó la boca para que no llamara la atención. Lo consoló con un abrazo, mientras ella rompía a llorar en silencio. En ese momento se prometieron sin palabras que nunca mencionarían nada de lo que había ocurrido esa noche.

44

Después de la nevada

Marcos y Jimena no dejan de llorar. Esta consigue soltarse del mosso y se lanza a abrazar a su hijo, sabiendo que ha fallado en la labor más importante en la vida de una madre: proteger a su progenie. La mirada de todos los presentes se ha mantenido fija en ellos dos mientras él relataba los hechos. Alexia llora sobre el hombro de Calvin, que se mantiene impasible, al igual que Harper. Tras la historia de Lucas, Juls se acercó a él y le rodeó con un brazo para mostrarle apoyo y que no se sintiera solo, a lo que este respondió apoyando la cabeza sobre su hombro y así sigue, a su lado.

—Raúl llevaba meses indagando sobre el paradero de Ainara. Por lo visto, la familia de ella nunca creyó la versión oficial de la academia, que alegó que la chica había presentado una carta de renuncia en la que decía que se marchaba a llevar a cabo acciones humanitarias a Latinoamérica. Nunca tomó un vuelo y su rastro se perdió en la escuela. Como sabían que los tentáculos de poder de la academia eran muy largos y poderosos, los padres prefirieron llevar la investigación por su cuenta e infiltraron a Raúl en el centro. No sin antes, claro, borrar cualquier huella que relacionara a uno con otro. El chico estaba locamente enamorado de Ainara y hubiera hecho lo que fuera por encontrarla, hasta meterse en la boca del lobo. —Antes de continuar, sorbe los mocos que le está provocando el llanto—. Él era huérfano, y la familia de ella era como la suya propia, así que no se lo pensó dos veces cuando se lo propusieron. Todo esto me lo contó la noche de Halloween antes de que perdiera los estribos. Por eso le dejé caer por el acantilado. —Suspira mirando a Jimena y continúa—: Sabía la verdad y no iba a parar hasta destruirnos a mí y a mi madre. Y no podía acabar con ella por un error mío.

Nadie da crédito a lo que acaba de oír. La comisaria Ferrer mantiene la mirada en Marcos, pero antes de que pueda decir nada, Leonor se le adelanta:

—Lo dejaste caer por tu egoísmo, por no afrontar tus acciones. —La voz de la chica sale entrecortada de su garganta.

—Fue... fue un accidente. Yo no quería... Iba drogado...

—¿Y el golpe que le dio tu madre a Ainara en la cabeza? ¿También fue un accidente? —pregunta Leonor mirando a Jimena.

—No lo entenderías. Es mi hijo. Haría lo que fuera por protegerlo —responde la directora llorando muy afectada.

—Os creéis con derecho a todo. Pero eso acaba hoy. Vais a pagar por lo que le hicisteis a dos inocentes —dice Leonor, a punto de llorar.

—Leonor, tranquila, déjame hacer mi trabajo. —La comisaria apoya la mano en el hombro de Leonor para calmarla—. Tendrán que acompañarnos los dos a comisaría. Esta confesión no valdrá frente a un tribunal, pero si no quieren declarar ante un juez, con el cuaderno y el cuerpo de Ainara tendremos indicios suficientes para abrir una investigación.

Alicia Ferrer le hace una señal a los mossos para que pongan las esposas a Jimena y a Marcos. A diferencia de su hijo, que acata su destino de forma estoica, la directora opone resistencia. Pero no sirve de nada. Su futuro está sellado.

La comisaria sigue en la sala donde ha interrogado a Leonor. Al final, este caso está siendo más interesante de lo que parecía al principio. En el fondo se alegra de no haber ido de puente con su pareja y su hija, aunque nunca lo reconocerá en voz alta delante de ellas.

Ha comprobado que las primeras impresiones a veces fallan, y una parte de ella se arrepiente de haber desconfiado de Leonor. Se promete que la próxima vez que se vea en una situación parecida usará este caso como jurisprudencia para mantener un pensamiento neutral al respecto. Aunque espera no verse envuelta en algo así en mucho tiempo. Sobre todo, teniendo en cuenta que ese aún no está cerrado.

Ha telefoneado a Vielha para dar la orden de búsqueda del cuerpo de Raúl Gutiérrez. Tras intentar llamar al número de contacto que aparece en el expediente que la academia les había facilitado hacía unas horas, confirma la narración de Marcos. El número corresponde a uno que los padres de Ainara Garay habían dado de alta para hacer ver que eran los padres de Raúl. Alicia aprovecha para decirles que deben ir a la comisaría de Vielha para reconocer el cuerpo de su hija. Los padres están rotos tanto por su hija como por Raúl. La comisaria nunca se había enfrentado a una situación igual, y se le queda un vacío en el pecho que no sabe cuándo volverá a llenarse. La idea de encontrarse en una posición parecida, delante de su hija tumbada en una camilla sin vida, le pone los pelos de punta. No puede dejar de pensar en esa pobre chica. Por lo que le han dicho por teléfono, el cuerpo estaba en un alto nivel de descomposición y bastante maltratado por algún animal. El olor debía de haberlo atraído y, tras desenterrarlo, habría dejado el cuerpo donde Juls lo descubrió.

Se recompone después de la llamada y deja claro al resto de los alumnos que, a pesar de que el cuerpo que han encontrado no sea el de Raúl, no pueden abandonar la academia. Una vez escuchados los relatos de Marcos y Lucas, todos han reconocido los hechos. Alicia supone que, tras ver caer a su líder, se han venido abajo. Dos mossos se quedarán en la academia mientras ella vuelve a comisaría para asegurarse de que siguen sus indicaciones, aunque algo en su interior le dice que no hará falta. Después de lo que han vivido, la última vez que los ha visto parecían un grupo de niños indefensos.

Tiene por delante una gran cantidad de papeleo, y le gustaría volver a comisaría. Le pide a Leonor el cuaderno de Raúl para llevárselo como prueba, pero la chica le pide que le deje unos minutos más con él. Al parecer, hay una parte que no ha sido capaz de leer. Y cree que ahora que sabe la verdad podrá enfrentarse a ello. Después de todo lo que ha pasado la pobre chica, Alicia siente que se lo debe.

Epílogo

Después de la nevada

Estoy en mi habitación, a solas con el cuaderno de Raúl. Su cuerpo no ha aparecido, por lo que aún no hay crimen. Sin embargo, las autoridades de la zona ya están avisadas y van a empezar a peinar el terreno en el que cayó al vacío. Pretenden recuperar el cadáver, no creen que siga con vida. Y eso me está destrozando por dentro.

Según la comisaria Ferrer, el cuaderno es una pista clave para el caso, por lo que tengo que separarme de él. Pero le he pedido unos minutos más, y ante mi mirada implorante me los ha concedido. Hay una página que no he sido capaz de leer. La última, la del día de su muerte.

Nunca me he enfrentado a algo así. Sí, hay una ínfima posibilidad de que Raúl lleve todo este tiempo con vida esperando a que lo rescaten. Pero seamos francos, no confío en que eso vaya a pasar. Esperaré a diario la tétrica llamada que me informe de que por fin han encontrado su cuerpo. Y con eso conseguiré cerrar este capítulo de mi vida, el más oscuro y complicado hasta la fecha.

El cuaderno me quema en las manos, y por mucho que sé que va a destrozarme, necesito abrirlo. Necesito saber lo que tiene que contarme. Mi presencia en el resto de las páginas ha ido yendo y viniendo, pero desde que descubrió la verdad, la forma en que Raúl me veía cambió. Pero temo descubrir algún oscuro secreto más. Que esto solo haya sido el primer peldaño de una infernal escalera a un lugar aún más tétrico y lúgubre.

Soy capaz. Puedo con ello. Tengo que poder. Allá vamos, a la última página del cuaderno de Raúl. Es hora de conocer toda la historia.

Martes, 31 de octubre de 2023

Hoy es Halloween. Por lo que se dice en los pasillos, es la noche más loca del año, así que he decidido que es el día perfecto para acabar con esto. No ha sido fácil reunir todas las piezas de este rompecabezas, pero Ainara merece un descanso digno.

Al final, lo que pareció ser una pista muerta me ofreció algo bastante jugoso. Tuve que pagar a una alumna de tercero (es curioso que, por mucho dinero que tenga la gente, siempre están abiertos a recibir más. Qué asco de sociedad...), pero al final me lo confirmó. La noche que Ainara desapareció, la vio yéndose con Marcos. Más tarde, cuando se fue de la Gruta y subió a su habitación a por más coca, vio a Jimena abandonando la academia muy alterada. Gracias a la adicción de una chica, he sido capaz de encontrar la verdad.

Nunca voy a saber si Ainara me fue infiel con Marcos, pero a estas alturas ya da igual. Todo el mundo estaba convencido de que no tenía novio antes de entrar en la academia y, no voy a mentir, al principio me dolió. Pero estoy seguro de que tendría sus razones. No soy nadie para juzgarla. Roca Negra es un ecosistema único, lleno de gente podrida, y hasta el alma más pura se corrompería aquí. Me fuera infiel o no, no quiero manchar su recuerdo. Sé que tenía un buen corazón, ese corazón cuyo latido adoraba oír cuando apoyaba la cabeza en su pecho. Y sigue mereciendo que el mundo conozca la verdad. Por eso hoy voy a hablar con Marcos, voy a desenmascararle. La decisión está tomada. Necesito zanjarlo de una vez por todas.

Bueno, he dicho que este sitio está lleno de gente podrida, pero no es verdad del todo. Leonor es diferente. No sabría decir por qué, pero sé que ella no es como los demás. No me sorprende que al principio cayera ante los encantos de Marcos. Quizá vio en él lo mismo que Ainara. No les puedo recriminar nada. A ninguna de las dos le mostré lo que sentía. De hecho, con Leonor no me porté muy bien, y hemos tenido momentos raros por mi culpa. Pero estas últimas semanas me cuesta sacármela de la cabeza. ¿Es amor? A ver, no exageremos, no nos conocemos lo suficiente. De hecho, también a ella le he ocultado quién soy. No he podido revelarle nada de mi pasado, demasiado peligroso para mí... y para ella. Pero lo cierto es que, cuando todo esto acabe, me gustaría que me diera la oportunidad de entrar en su vida. Me cuesta contarle la verdad porque dejaré de ver a Leonor en cuanto desvele el terrible secreto de Roca Negra. Aun así, algo me dice que, cuando lo sepa, me entenderá.

Deseo cerrar este capítulo infernal de mi vida y empezar uno nuevo. Ojalá sea de la mano de Leonor.

La página del cuaderno se ha llenado de lágrimas. Cada frase que he leído me ha roto el corazón en más pedazos aún. Me han arrebatado ese bonito capítulo junto a Raúl, y no sé cómo podré superarlo. Seré incapaz de volver a mirar a la cara a mis compañeros. A esos que arrebataron la vida a alguien tan especial como él. Espero que se pudran entre rejas.

Lo que pasará con la academia es un gran misterio, pero no me importa. Supongo que, como siempre, quienquiera que esté detrás de Roca Negra hará lo posible por tapar este oscuro y triste capítulo de la institución. No me extrañaría que en unas semanas apareciera una nueva directora preparada para coger las riendas de este sitio lleno de gente podrida y para hacer como que nada ha pasado. Le cargarán el muerto a Jimena y acallarán a los medios con dinero para que no se hagan eco de la noticia. Si no, ¿qué padre en su sano juicio dejaría que su hijo estudiara en un sitio como este tras un escándalo de este calibre?

Respecto a mí, me siento nueva. Estos meses he madurado más que en toda mi vida. Creo que estoy preparada para volver a casa, si es eso lo que me deparará el futuro.

El ruido de unos nudillos llamando a mi puerta me saca de mis pensamientos.

—Adelante —contesto mientras me seco las lágrimas con rapidez.

—No tengo más tiempo, Leonor, necesito el cuaderno.

—Sí, claro. Aquí tiene. Creo que encontrará todas las

pruebas que necesita para meter a esos dos monstruos entre rejas toda su vida.

—Y en caso de no ser así, porque la justicia no siempre es justa, por favor, pasa página. No dejes que algo como esto te destroce. No siendo tan joven.

—No se preocupe, al contrario. Hay un antes y un después de entrar en la academia Roca Negra. Ahora soy más fuerte que nunca.

Agradecimientos

Hubo momentos en los que pensé que esta novela iba a poder conmigo, y miradme ahora, dando las gracias por un conjunto de palabras de las que estoy increíblemente orgulloso.

En primer lugar, quiero agradecerle a mi guía Gonzalo haber sido mi faro en todas las veces en las que el síndrome del impostor pudo conmigo y las lágrimas me nublaban la vista hasta ser incapaz de escribir una simple letra. Esta historia es tan mía como tuya.

Gracias a mi padre, a mi madre y a mi hermana, que, aunque estemos a distancia, saben qué decir y cuándo hacerlo para darme un buen empujón en la espalda que me eleve hasta lugares a los que ni yo mismo soy consciente de que puedo llegar.

Iván, Miguel y Alicia, esta historia empezó a fraguarse entre cervezas y ganchitos revenidos y eso es algo que el tiempo no es capaz de borrar. Gracias por escucharme cuando todo esto no eran más que simples divagaciones, pero aun así me animasteis a seguir creyendo en mí.

Laura, Claudia, Pia, Martina, Fabiola, Candela, Sergi, Albert, Adri y Domingo, gracias por todos los gritos, todas las risas, todas las miradas cómplices y, sobre todo, por cuidarme tanto o más que si fuera de vuestra familia. Vosotros ya sois parte de la mía.

David y Pablo, fuisteis los primeros que confiasteis en que tenía algo que contar, mucho antes de que yo fuera consciente de ello. Y sea esta la única novela que saque o la primera de muchas, una de las cosas que la hace especial para mí es haberla hecho junto a vosotros.

Ana María, tu confianza en Leonor y en todo lo que tenía que contar fue contagiosa desde el día uno. Has sido la mejor editora que me podría haber imaginado. Gracias por ser la primera fan de esta historia y darle tanta vida.

Me estaré dejando a mucha gente, pero si has formado parte de mi proceso, te lo agradezco y seguramente te lo habré hecho saber en multitud de ocasiones, porque ante todo soy un pesado. Pero una vez más, gracias.

Y por último, gracias a ti, lector, que con tu lectura le has dado vida a Leonor una vez más y le has ayudado a encontrar la verdad. Sin ti, esto no sería posible. Un abrazo gigante.